1982-2022

碧海丹心 能源报国

碧海长歌

庆祝中国海油成立四十周年长篇史诗

本书编写组 编著

中国石化出版社
HTTP://WWW.SINOPEC-PRESS.COM
中国经济出版社
CHINA ECONOMIC PUBLISHING HOUSE
·北京·

图书在版编目（CIP）数据

碧海长歌：庆祝中国海油成立四十周年长篇史诗 /《碧海长歌》编写组编著 . — 北京：中国石化出版社，2023.9
ISBN 978-7-5114-7271-7

Ⅰ . ①碧… Ⅱ . ①碧… Ⅲ . ①诗集—中国—当代 Ⅳ . ① I227

中国国家版本馆 CIP 数据核字（2023）第 187350 号

中国石化出版社出版发行
地址：北京市东城区安定门外大街 58 号
邮编：100011 电话：（010）57512500
发行部电话：（010）57512575
http：//www. sinopec-press. com
E-mail：press@ sinopec. com
北京科信印刷有限公司印刷
*
889 毫米 ×1194 毫米 16 开本 17.5 印张 160 千字
2023 年 11 月第 1 版 2023 年 11 月第 1 次印刷
定价：128.00 元

编 写 组

主　　　任：徐可强

副 主 任：朱烈斌　刘俊山　张彦甫　林建功

主　　　编：刘俊山　林建功

执行编辑：陈柏君　高　歌　张燕俊

首席撰稿人：单荣国

主要撰稿人：李豫黔　梁兴悦　赵皇銮　孙凤忠

创作说明

2022年是全面建设社会主义现代化国家、向第二个百年奋斗目标进军的重要一年，是党的二十大召开之年，也是中国海油成立40周年。为礼赞四十载阔步跨越，中国海油党建工作部历时两年，组织创作了中国海油首部大型长篇史诗《碧海长歌》。

1982—2022年，中国海油伴海而生，向海而兴。春华秋实四十载，风雨多经志弥坚，一代代海油人战天斗浪、奋楫争先，谱写了蓝色国土上最壮美的诗篇。编写组集结了中国海油系统内优秀诗歌创作者，秉承对作品精益求精的态度，从历史档案、年报、诗集、杂志、电视等中收集上百万文字、视频资料，最终创作成近10万字诗稿。

诗集总体采用章、节、目结构，共收录“序章、创业、开放、跨越、奋进、尾章”6章，以40年的发展历程为经，以典型事迹、典型人物为纬，共26篇，并辅以8幅插画，全面生动地展示了中国海油40年的辉煌之路。

丹心一片耀碧海，能源报国入胸怀。本书为中国海油首部大型史诗，旨在深刻诠释“爱国、担当、奋斗、创新”的海油精神，以及“碧海丹心，能源报国”的企业文化，以丰富而深刻的历史启迪、激荡智慧，激励全体海油人以更加昂扬的姿态，奋进新征程，建功新时代，争当建设海洋强国排头兵！

回顾历程，中国海油40年的辉煌成就离不开党中央的坚强领导和亲切关怀，离不开几代海油人的砥砺前行、不懈奋斗，谨以《碧海长歌》致敬中国海油成立40周年，诗贺党的二十大胜利召开！

《碧海长歌》编写组

目录

跨越篇 057

奋进篇 097

尾章 266

序章

单荣国　高　歌

华夏五千年，炎黄子孙一脉赓续，未有穷期
当代一百年，中国共产党踔厉奋发，笃行不怠
经千难而百折不挠，历万险而矢志不渝
带领亿万民众历经沧桑、铸就辉煌
九百六十万平方公里的大地，换了人间！

沧海横流方显英雄本色
风高浪急始见砥柱中流
在中国共产党的领导下
中国海油踏上“能源报国”历史征程
践行初心使命，勇于担当作为
四十年挥写一部气势恢宏的海油史诗

中国海油的四十年
是筚路蓝缕、垦荒沧海的创业史
中国海油的四十年
是勇闯国门、踏浪前行的创新史
中国海油的四十年
是战天斗浪、勇于超越的创造史

回溯时光，定格历史
他们人拉肩扛，土法上马
脚踩木筏打井，手提铁盒捞油
他们运筹帷幄，开放合作
“两条腿”走路，筑梦沧海
他们开拓进取，改革攻坚
海纳百川，博弈全球
他们挺进深海，谱写华章
践行“国之大者”，阔步新时代

春华秋实，书写历史
四十年的深耕不辍
中国海油，从无到有
多个国家级海洋油气生产基地
拔地而起
四十年的拥抱世界
中国海油，义利相兼
我国石油对外合作发展的新模式
引领潮头

四十年的砥砺前行
中国海油，不破不立
独具海油特色国企改革路径
浴火重生
四十年的脚步不歇
中国海油，从小到大
一体化、多元化、全球化的现代能源产业链
勇争一流
四十年的胸怀大者
中国海油，忠心为党
经济社会繁荣发展和民生福祉改进
善作善成
四十年的锐意进取
中国海油，攻坚克难
一系列具有自主知识产权的关键核心技术
牢握在手
四十年的众建贤才
中国海油，钟灵毓秀
一支专业化高素质的干部人才队伍
能文能武
四十年的文化积淀
中国海油，凝心聚力
以石油精神和海油精神强根固本
立心铸魂

四十年的初心如磐
中国海油，开拓进取
党建引领保障高质量发展的工作格局
赓续绵延

沙海拾慧，释读历史
中国海油是我们命运与共的幸福家园
中国海油是我们能源报国的价值蓝海
中国海油是我们赓续传承的精神丰碑

纵观海油，探问历史
中国海油在创业中付出几多辛劳?
中国海油在创新中迸发何等智慧?
中国海油在创造中镌刻怎样业绩?

今天，让我们翻阅历史的篇章
嗅闻莺歌海第一缕油香
触碰曹妃甸第一丝脉动
领略流花油田雄浑壮美
感悟“深海一号”鲲鹏之志
共同沐浴中国海油的无限荣光

创业篇

单荣国

概　　述

中国海洋石油工业发端于20世纪50年代末。创业初期，海油前辈使用自制简易设备，经过艰苦卓绝的努力，在南海、渤海海域均打出油气发现井。从1966年到1972年，在渤海共建造4座固定式钻井平台，发现3个含油构造，为海洋石油勘探积累了经验。1973年后，陆续在国内建造和从国外购买一批海上勘探装备，并恢复南海石油勘探工作，我国海洋石油勘察步伐明显提速。1978年3月26日，石油工业代表团在人民大会堂东大厅，向中央政治局和国务院共同召开的特别会议报告赴美考察情况。此次会议确立了“原油延期付款”等事项，在中国对外开放史上拥有特殊的地位，故成为中国海油创业史作结的时间坐标。

在中国海洋石油工业发展20多年的艰苦创业期间，海油前辈谨记“我为祖国献石油”的庄严使命，秉承“三老四严”“苦干实干”为核心的石油精神，赓续精神血脉，在祖国蓝色国土上创造出丰厚的精神财富，奠定了可观的物质基础。

探海

公元1953年底，中南海菊香书屋
李四光殷切陈情[1]：
我国油气资源储藏量是丰富的！
怎料，我国油气勘察重心聚焦海洋的关键时刻
中苏两党争论激化，苏共召回全部援华专家
没有外国专家，我们也要搞石油！
勉励石油人：
看来发展石油工业还真得革命加拼命[2]！

莺歌海，飞鸟翔集、莺歌燕舞
海风过处，丛丛簇簇的浪花都开了
还有噗噗冒出的油气苗：靛蓝且微光

蓝宝石的光芒从全民报矿信息中淘洗出来
历时三个月，年轻的地质师低弯腰、高挽腿
罗盘问路、铁锤探海，玻璃瓶排水采气
我国第一份海洋油气地质调查报告新鲜出炉：
气体可燃、火焰浅蓝，硫化氢气味

油气苗是莺歌海的原始住民
裙裾靛蓝、环佩叮当
殷勤问询远方探海的访客

❶ 殷切陈情

1953年底，全国石油年产量达到61.78万吨，但西北地区新钻的142口井却多未获工业油流，外国学者散布“中国贫油论”的阴影依然存在。发展石油工业是开发天然石油还是走人造石油的路，党和国家领导人很想了解。毛主席特地把李四光找到中南海菊香书屋，征询他对中国石油前景的看法。李四光明确回答，中国油气资源的蕴藏量是丰富的，要打破偏西北一隅找油的局面，找几个希望大、面积广的可能含油区，作为油气勘探开发基地。

❷ 革命加拼命

1960年春天开始，中苏两党争论激化。7月，苏共中央全会宣布召回在中国的1500余名苏联专家和顾问。地质部请苏联专家指导海洋钻井技术的计划未能实施，准备在渤海开展以寻找石油为主的海洋地质研究工作亦不得不推迟。没有外国专家还搞不搞海洋石油？毛主席说过，看来发展石油工业，还真得革命加拼命。不管有没有外国专家指导，都要发展中国的海洋石油事业，这在当时是唯一的选择。

油气苗是明明灭灭的航灯
燃烧青春、温暖漠海
映照中国海油红红火火的事业
油气苗是蓝色国土安睡的女神
一梦桑田、再梦沧海
期盼我们奉献能源、报效祖国

她的温情，烛照踏浪者归航的旅程
她的激情，烧海三四日不熄
她的长情，蛰伏斯万年只为一场爱恋
油气苗是我们生命的花火啊
晕染海油精神、发端海油文化
点亮了中国海油的蓝色梦想

莺歌海，蓝色梦想出发的地方
沸水石[3]，距离莺歌海油气苗最近的陆地
前方，天涯海角遥遥在望
近处，仙人掌遥指天穹、海丹草蔓延沙滩
1958年11月，石油人钻探莺浅1、2、3、4井[4]
井里空无一物，但下海前留在井台的四个脚印弥足珍贵
“沉积盆地主体在较深海区”结论更属无价之宝

1960年春，海油前辈人拉肩扛、土法物探[5]
一台地震仪、一架爆炸机、一条3吨小木舟
凑成中国第一个海洋勘探队的全部家当
高压胶布包裹电线、塑料套存储高爆炸药
他们用最原始方式防水防潮

③ 沸水石

莺歌海盐场正东向，一片长约20米、宽约3米的浅海海面，海水像是被烧开了一样沸腾着，乒乓球般大小的气泡随着海浪起落，源源不断地从海底往上冒，还浮出一些五颜六色的油花，在阳光下一会儿蓝一会儿黄，变幻着光泽。神奇景象被老百姓认为海底存在能够烧开海水的沸水石。后来，经地质师现场考察，将此油气苗命名为“3号气苗”。

④ 莺浅1井

早期的水上油田是用打入水底的木桩支撑栈桥、码头及木质平台，或者堆建人工岛，来承载钻井和开采设备。1958年11月，地质部门批准了在莺歌海油气苗附近打井的计划。12月，海南地质分局调来两台KAM500型钻机，莺浅1井正式开钻。该井位于莺歌海水道口附近，距3号油气苗较近。莺浅1井钻至380米井深时遇花岗岩，终止钻探；附近再钻3口井仍未见油气。这次钻探的结果证实：莺歌海地区沉积盆地的主体肯定在远离陆地的较深海区。

⑤ 土法物探

1958年，根据国家科委的要求，中国科学院、地质部和石油工业部联合组建了中国第一个海洋地球物理勘探队，采用国产仿苏CC2651型光点地震仪，用5千克炸药震源，自行编织13道海底地震电缆，取得了首次海上地震记录。凡采用如此简陋设备进行的海上地震试验方式被后来人称为“土法物探”。

检波器码放沙滩、经纬仪测出连线
他们将炮点延伸到浅水区
终于录得两次地震折射试验数据

地质队员扛着电缆测线跋涉滩涂
乘坐的木船险被海流推回爆炸点
他们的艰难困苦惊天又动地
石油工业部调拨苏式地震记录仪等设备
海军南海舰队榆林基地增派舰队支援
莺歌嘴至东锣西鼓岛10千米浅水区
成功采集一批拖带放炮地震记录
至今，鱼水深情被莺歌嘴传唱、敲东锣打西鼓颂扬

苦旅

海油历史从来不缺少传奇
1960年4月，他们戴草帽、打赤膊
头上太阳晒、脚下水汽蒸
将方驳船拖到莺歌海盐场水道口安身立命
他们焊接三根铁管当井架
外挂方驳船侧面，一枚冲击钻日夜锤击大海
他们施展草原骑手侧身捡拾哈达神技
在船舷边生生砸出20余米深的英冲1、2井[1]
麻绳拴铁盒，捞取0.15吨原油
权作海油前辈殷勤叩拜的赠礼

涠浅1井、徐闻1井、临高1井
海油前辈登涠洲岛打井，始终难求真经
不入海门，怎缚油龙？
石油部部长康世恩[2]下达极简且充满思辨的口令：
有理无理先在南海打一口井再说！

彼时，我国海上平台建造能力聊胜于无
堪比搭长梯九天揽月、难似铸铁钩五洋捉鳖
三番五次的诸葛亮会、三结合会上
专家、工人和渔民提出5个方案
人工岛、桩基、锚定巨轮、活动钢架、浮筒结构

❶ 英冲1井

1960年4月11日，英冲1井开钻。英冲1井的井位在莺歌海盐场水道口外、离岸1.5千米处，水深约15米；井架是三条腿的铁架，约有3米高；开采水晶矿的冲击钻安装在方驳船的侧边沿，略往海面倾斜，后面用钢丝绳紧紧拉着。英冲1井打到26.8米完钻，接着又打了英冲2井，英冲3井的井架支起不久，就被台风吹倒，后来一直沉在莺歌海的海底。英冲1井、英冲2井均有油气显示，作业人员用细麻绳拴上罐头盒子捞得约150千克低硫、低蜡的原油。

❷ 康世恩

康世恩（1915年4月20日~1995年4月21日），出生于河北省怀安县田家庄，1936年考入清华大学地质系，不久加入中国共产党。中华人民共和国成立前夕，康世恩由军队转到石油系统，历任玉门油矿军事总代表，西北石油管理局局长，石油工业部部长助理、副部长兼大庆石油会战指挥部总指挥，石油化学工业部部长，国务院副总理兼国家经济委员会主任、党组书记，国务委员等职务。中共十一届、十二届中央委员，原中共中央顾问委员会常委。

首选“移拖迅速、沉浮自主、建造简便”浮筒钻井法

“海上1号”[3]以两个排水量500吨的浮筒为主体
建造者搭积木一般，用时57天
造出了从海洋这口大锅里盛饭的家什
拖航怕见风浪，安身头重脚轻，打井左右摇摆
天可怜见的，端着并不牢靠的泥饭碗
海油前辈叩拜浅海、祈问前程

1964年3月11日，（南）海1井完钻
测试续见强荧光显示，维系石油人对莺歌海的奢望
纵然“海上1号”诸多先天不足
在风急浪高、海深涌阔的南海难有作为
一线指挥员常在梦中惊醒：平台塌了！
但莺歌海成功钻探三口浅井
开了中国人下海找油的先河
康世恩无比骄傲：
我们海上找油是靠两个筒筒起家的！

“海上1号”奋战正酣，现实却异常凶险
越战不断升级，美国军舰飞机游弋莺歌海
不停滋扰我方海上钻井作业
钻井队员扛起了冲锋枪
井场当战场[4]，打井防豺狼
用生命守护国家海洋权益

鉴于严峻外部形势
1965年3月，南海石油勘探作业暂时停摆

❸ 海上1号（浮筒钻井平台）

1963年11月，中国成立第一个海洋石油钻井平台设计组。设计组通过向专家、工人和渔民请教，召开“诸葛亮会”“三结合会”，从五个方案中选取“移动性能好、制造周期较短”的浮筒结构方式。设计完成后，广州造船厂仅用57天就建造完成主体为两个排水量500吨的浮筒的钻井平台。1964年1月24日从广州起拖，经过504海里航行，2月2日抵达莺歌海井场。

“海上1号”成功钻探（南）海1、2、3井，使中国人迈出了下海找油的实质性一步。康世恩为浮筒钻井平台起名“海上1号”，还说：“我们海上找油是靠两个筒筒起家的！”

❹ 井场当战场

在“海上1号”钻探（南）海1、2、3井期间，越南战争不断升级。美国飞机、军舰不断在莺歌海附近游弋，有时候从平台上甚至能看见美国军舰上的灯火。为了预防万一，上级给钻井平台配备了武器。1965年3月，上级决定在南海的石油勘探工作停止，作业队伍一部分转移到贵州、湖南开辟新战场，另一部分转战南海沿岸陆地和海岛。

已迈入大海的一只脚无奈回踩沿海陆地
茂名盆地、雷州半岛、三水盆地、福山凹陷等地
由海及陆，石油人先后钻探400余口井
为日后评价油气、探明储量、深度开发打下了基础

大庆石油会战甩掉了“中国贫油”的帽子
石油工业部提出“上山下海、大战平原”⑤方针
华北石油会战逐渐将勘察目标锁定渤海海域
“三年打开局面，五年拿下面积”
1965年3月20日，北仓会议⑥谋划下海方略
康世恩提出推论：
渤海湾可类比墨西哥湾和马拉开波湖
中国有条件下海，我们现在就要做准备
一定要下海找出油来！

条件所限，钻探地点首选渤海离岸小岛——曹妃甸
但井场受到海潮袭扰，后被更大海啸冲毁
石油人尝试研制沉垫式水泥钻井平台
此方案在模型坐底起浮试验中宣告失败
真可谓“闯海无门入、打井无利器”
海油前辈早期创业困境令人唏嘘、喟叹

下海打井，首先要在海上站得稳
他们将目标锁定“桩基钢结构平台”
可是，造船全部资料仅有画报上的一幅平台图片
他们在启明星的余晖里沉睡
他们在鸥鸟司晨的啼鸣中醒来
焊花喷射的工场，他们抛洒汗水、勤勉奉献

⑤“上山下海、大战平原”

1960年11月，石油工业部和地质部在天津召开华北石油普查勘探会议，商定把勘探重点转移到渤海沿海一带。1961年4月—1963年12月，勘探显示华北地区油气资源前景巨大，石油工业部提出要组织华北石油会战。为使华北石油会战得到所在地政府更为有力的支持，康世恩向河北省委汇报工作，提出要“上山下海、大战平原”，这也形成石油工业部当时对全局勘探工作进行部署的总思路。

⑥北仓会议

1965年3月15—20日，受石油工业部委托，由641厂主持在天津北郊北仓镇召开下海工程技术座谈会。参加单位有石油科技情报研究所，北京石油科学研究院钻井室，641厂海洋勘探室等单位的专家、教授，共50余人参加座谈。与会人员交流了国内外海上石油工程的情况，初步讨论和研究了下海方案。这次会议还决定开展海上钻井方法的研究试验工作，着手研究制造桩基钢结构导管架式固定钻井平台等事项。

此次会议谋划了下海方略，对我国早期海洋石油事业发展起到重要的指导作用，史称“北仓会议”。

18磅大锤的击打，他们铁骨铮铮、豪情满怀
海1平台[7]，我国第一座固定式海洋石油钻井平台横空面世

1967年，新年钟声敲响的前一刻
（渤）海1井顺利开钻
挤睡铁皮房、困卧泥浆池，他们睡梦香甜
饥餐海风、渴饮寒露，他们踏浪无悔
唯一的安全措施是跳海逃生，他们不等不靠
搅拌机损坏，他们学着铁人的模样跳进泥浆池
海油前辈塑造了“革命加拼命”的英雄群像

钻进，钻进！钻探组分班不间断作业
遇见复杂地层，泥浆组调整比重预备应急
钻头探至明化镇，地气组监测到油气显示
抵达目的层，电测组精准射孔油层
井场提升防火等级预防不测
食堂炸好四喜丸子恭候喜讯
无数目光聚焦到（渤）海1井
4毫米油嘴求产：
日产原油35.2吨、天然气1941立方米

出油了，出油了，（渤）海1井出油了！
喜讯“如一只报春的燕子”飞进了中南海
1967年6月21日，国务院发来贺电：
我国海上打成第一口石油探井并于6月14日喷出原油
标志着我国石油工业钻井技术的新发展
希望钻井队再接再厉努力夺取新的胜利

⑦ 海1平台

1966年，海洋勘探室做出了钢结构导管架平台的简单模型，又经过半年多的努力，完成了我国第一座海上桩基钢结构导管架平台的全部设计。1966年3月，平台第一个导管架运送出海井安装成功。随着从新疆、抚顺调来一批熟练工人，海工大队按时完成了工程浩大的建造任务。1966年12月2日，承担钻探任务的3206红旗钻井队完成平台全部安装工作，中国第一座固定式海洋石油钻井平台建成，命名为“1号平台”。

春潮开花、夏风散叶、秋雨灌浆、冬雪藏果

（渤）海1井是海油前辈在蓝色国土培育的第一株幼苗

（渤）海1井是海油前辈徒手创造的一个奇迹

实证中国石油工业在物资匮乏时代能够不断取得新成就

推升我国海洋石油事业快速抵达工业化发展阶段

我国海洋石油事业充满希望！

磨砺中勇毅前行，挫折中持续抗争

石油精神、大庆精神、铁人精神在蓝色国土有序传承

毋庸置疑，海油前辈就是奇迹中的奇迹！

磨砺

曹妃甸[1]，人称阎王殿、老虎口、拆船港
1965年秋末，53名钻井队员乘船登岛
他们风餐露宿，搭帐篷招摇海风
他们人拉肩扛，打毛石构筑井场
他们昼夜奋战，打木桩桥接岸岛
井架立起来了，井场灯亮起来了，钻机轰隆隆响起来了
他们以蓝色海洋为博大舞台
演绎了“打探井、战海啸”[2]的创业诗篇

10月14日，阎王殿海夜叉驾浪巡岛
10月19日，猛虎般的海潮被井场堤坝逼退
11月7日，一场更大的“拆船潮”驱动一座座黑色浪峰
冲毁堤坝、推倒栈桥，将曹妃甸洗劫一空
万幸，所有队员藏身灯塔下的铁皮房逃过浩劫

擦拭海风的咸腥，吞咽失败的苦涩
海油前辈信念如炬、青春赋能
用晶莹的汗水浇灌钢铁之花
用抓铁留痕的足迹诠释创业
渤海1号、2号平台先后矗立大海

1969年大年初一，冰魔突袭平台

❶ 曹妃甸

曹妃甸是河北省滦南县南部海域的一个带状小岛，东西宽约200米，南北长约10千米，呈长方形，南面略高于北面，四周略高于中间，土质以沙为主，距大陆最近点（林雀）17千米。因岛上原有曹妃庙而得名，自然环境恶劣，渔民们又称“阎王殿”“老虎口”“拆船港”。

❷ “打探井、战海啸”

1965年9月27日，钻井队员共53人乘坐“民主20号”客轮登临曹妃甸，用毛石、木桩、竹篱笆片等物资搭建井场，架设栈桥，铺设运送钻机的滑道。经过一个多月的努力，曹1井顺利开钻。10月14日、19日、29日，共三次海潮呼啸登岛，经过队员全力奋战均化险为夷。11月7日9时左右，更大的海浪追着钻井工人们奔跑的步伐，直涨到没过能够容纳40人左右“避难所”基座一尺多的地方。17时左右，海啸停息，曹妃甸被洗劫一空。

石油工业部得到了钻井队被困的消息，但风浪太大，救援飞机、船只无法出航。11月9日，海况稍有改善，“民主20号”客轮立刻来到曹妃甸海域，接回了53名被困的钻井队员。一个月后，钻井队乘海军登陆舰重上曹妃甸，用车载钻机打成110米深的曹1井。

潮水推动冰排沿着导管架爬升
叠压成三四米厚的白色屏障
导管架拉筋崩断，火花四溅
钢板撕裂，咔咔声响彻天宇
栈桥扭曲，桩腿受损，组块倾斜
抢险队抗争三天后，2号生活平台倾覆大海

2号设备平台仍在冰排险境中生死挣扎
共和国日理万机的周恩来总理获知消息
携海军司令员、解放军总参谋长
成立临时破冰领导小组，急令海陆空三军部队支援
天津市政府、驻军连夜组成联合破冰指挥部
“炸药包炸冰”“火焰喷射器融冰”等方案见效甚微
联合破冰指挥部批准海洋勘探指挥部组成抢险队
带着电气焊设备，加固平台的材料和工具
34名队员乘“红救9号”出发，转海军“216号”拖轮
33个小时，闯过重重冰排抢登2号设备平台

海潮一泻千里，流冰摧枯拉朽
大海中央，2号设备平台孤苦无依、岌岌可危
34根拉筋崩断半数、单根桩来回折扭、井架左右摇晃
抢险队切割非紧要附件减轻负载
焊接工字钢加强腿部支撑
道道服汗水淋漓、狗皮帽热气蒸腾
抢险队员跟冰魔抢夺平台的生死大权
十三个昼夜的抗冰抢险[3]、连续鏖战
冰上情况有所改善，但冰下平台基础结构已损坏
抢险队员无奈撤退，片刻之后

③ 抗冰抢险

1969年2月中下旬，持续低温使渤海发生20世纪最大冰情，潮水裹挟巨大冰排推倒2号设备平台。消息传到国务院，周总理立即指示成立临时破冰领导小组，命令海陆空三军部队紧急支援。天津市成立联合破冰指挥部，用船将人送上平台进行加固。2月24日早晨，海洋勘探指挥部组成了一支34人的抢险队，艰难抢登2号设备平台。3月8日6时41分，虽经10多天加固，2号设备平台在冰山推压下，轰隆隆朝西北方向倒入海中。多支抢险队员随即转入保护海1钻井平台的战斗，补焊钢板、加固拉筋，终于保住1号平台！

3月8日9级大风以及数百平方米冰山的双重推压下
2号设备平台朝向西北，委屈且无奈地倒入海中

渤海1号平台还在固守阵地，濒临绝境
来不及悲伤，抢险队员擦拭泪水，奔赴下一个战场
指挥部致电海军“216号”拖轮向渤海1号平台进发
航线上，海潮将偌大的冰山切割成无数块千吨重的流冰
羁绊着毫无破冰能力的“216号”拖轮执行抢险任务
经过4天的艰苦跋涉，“216号”拖轮抵达1号平台
中央破冰领导小组海军首长赶到现场
指挥“海拖230号”“大庆22号”等船协同抢险
一柄柄焊枪闪烁光芒，组块重新连接彼此
一根根撬杠寻找支点，冰排逐层翻身落海
一双双茧手鲜血淋漓，推离流冰减小危害
抢险队员，爹娘生就血肉之躯啊
血肉包裹着钢铁之躯，勇敢地阻击冰魔
终究，这白色的死神屈服了，遁逃远海

自古英雄多磨难，从来蹈海有险阻
海油前辈在惊涛骇浪里挺直脊梁
在流冰推搡下摔打成长
他们抛洒汗水、风干泪水
将创业意志融入血脉
踏上了“我为祖国献石油”的光荣之路

绽放

碓石之坚韧，缘于缄默
浪花之柔美，源于绽放
42名海上女子采油工收编礁石和浪花
1975年深秋登临海4采油平台
招展于中国海油的滥觞
她们丰姿绰约、激情飞扬
她们踏浪舞蹈、随风吟唱
她们初心不忘、一路芳华

巡井路上，班长踏石留印、足音铿锵
她说：劳动是生命的要素
劳动能让思想不长草、青春不生锈

提桶清渣，500方油罐钻出一位铁姑娘
一双特埋汰的手擦拭出一颗最干净的心灵
道道服里，充盈着石油精神的喂养

六床上铺的脱水工睡梦中咯咯笑出了声
队长指派任务：辫梢梢绊到脚后跟了
你转岗牧羊女吧，看顾海4油田万朵浪花

量油测气，这是谁家的待嫁新娘？

翻过海堤，哪有什么花前月下、儿女情长
她要领学，争做大海最聪慧的女儿

春潮如约而至，她们温婉似风
催动井口所有的采油树
结出一种海味油味的果实
浪花次第绽放，她们貌美如花
素手蚕丝绣花，亦能茧手钢丝除蜡
为海油大厦夯筑最规整的一方基石

招展于中国海油的滥觞
中国海上第一支女子采油队[1]
辛勤耕耘六个春秋
撰写了上部是火焰、下部是海水的精美传奇
1981 年深秋，她们款款走进历史的画册
被中国海油经典收藏、悉心呵护

❶ 女子采油队
1975年7月11日，在海4油田成立的女子采油队，是中国第一支海上女子采油队。是年深秋，女子采油工分批次登临海4采油平台。到1981年11月，女子采油队成员陆续离开海上油田。

海油人家

跋涉年轮深处，轻拂记忆尘埃
“石油工业部641厂海洋勘探指挥部”赫然在目
那么久远，以至于人们仅仅记得她的乳名：641[1]
那么神秘，至今仍在司徽下方律动心房

形单又影只、羸弱且瘦小
这就是海油人家1966年的模样
五个科室辖一轮三船、两队一站
440号人马布阵8万平方公里的渤海海域
他们力有不逮、前景未卜

海油人家盛开并蒂花
另一朵，1973年8月落座于广东湛江坡头
国家燃化部批复成立南海石油勘探基地
六组一处、五队一站，年末职工362人
彼时，南北海上石油会战正酣
下海捉油龙、上岛擒气虎
兄弟齐声、四海应和
螺号声声、星火燎原

沽、江，皆形声，从水
塘沽，基地独享1.5千米石油岸线[2]

❶ 641

1965年2月，石油工业部641厂在天津北郊北仓镇组建海洋勘探室。1966年8月，经石油工业部批复，641厂海洋勘探指挥部（处级单位）正式成立。1973年，海洋勘探指挥部更名为海洋指挥部。1974年，海洋指挥部更名为海洋勘探指挥部。1976年3月，海洋勘探指挥部更名为海洋石油勘探指挥部，由处级升为局级。1978年7月，石油工业部批准将海洋石油勘探指挥部从华北油田勘探指挥部划出，成立石油工业部海洋石油勘探局，经过多年发展，形成了塘沽海洋石油基地。

时过境迁，石油工业部641厂海洋勘探指挥部几经更名，但当地百姓较长时间内依旧称作“641”。

❷ 石油岸线

1966年，海洋勘探指挥部在塘沽胡家园附近建立筹备点，后经与塘沽建管处共同选址，定在海河防潮闸东侧，回淤研究所以南地带，与天津港隔主航道相望，这里背靠大沽炮台，面临渤海，是军事禁区，选址得到了天津警备区的批准。

1968年，石油工业部军管会将码头建设列入年度计划，码头位置定在新港船闸外闸东航道南侧油田基地内，定名为“工程码头”，委托航务一处设计和施工，并于1970年9月竣工。1973年年末，天津市建委批准了塘沽建港指挥部上报的建港规划，划给渤海石油岸线1.5千米，岸线后方的陆域归油田使用。至此，渤海石油勘探基地的雏形初现。

湛江，南海舰队让渡500米、地方暂拨1千米
海油人家泊水而居，因油取势
想见，海油人家的日子胜似二月木棉
一天比一天红火

东沽、坡头，悉方位，属阳
东沽，碱蓬草点燃火红的生命色泽
坡头，红树林聆听每一次潮涨潮落
盐霜渲染他们的鬓角
海油人家的日子清贫、心情愉悦
潮汐搏动他们的血脉
海油人家的身体康健、臂膀有力

茅草房[3]顶升炊烟
木板房里娶媳妇
有梦的人家，定然事业兴旺
有爱的人家，何惧家徒四壁
他们意气风发、只争朝夕
因了海油人家
大海不再寂寥、城市永驻辉光

蓝鲸岛[4]上，他们骑鲸蹈海、筑梦深蓝
莫烟楼[5]前，他们擎灯远眺、扬帆启航
海油人家身居一隅，心系家国
放大镜下探寻岩心细如发丝的端倪
白炽灯旁解析地震勘察图纸的信息
海油人家作风淳朴，勤劳勇敢
椰风送爽，海油儿郎扬帆向东

③ 茅草房

南海石油勘探指挥部选址湛江坡头时，莫烟楼周围还是一片极荒凉的海滩坡地，参加筹建工作的人员自己动手搭起茅草房和活动木板房。1974年以后，开始兴建职工住宅和单身宿舍；到1980年，共建约4万平方米。

④ 蓝鲸岛

位于天津市滨海新区海河入海口附近的岛屿，因形似蓝鲸，故得名“蓝鲸岛”。海洋石油基地较大的滨海地区坐落于此，这五个片区分别是：位于海河入海口处的港区、位于海河防潮闸和渔船闸之间的滨海地区（蓝鲸岛）、位于东沽地区的石油新村、位于塘沽区内铁道北侧的物探区、分属塘沽和东郊两区管界的军粮城地区。

⑤ 莫烟楼

1973年，燃化部和广东省湛江市政府同意南海石油勘探筹备处在湛江选址。8月28日，湛江市基本建设委员会同意将南海石油勘探基地的地点安排在湛江市郊区坡头公社莫烟楼渡口以南，暂拨用地面积为83.6万平方米，其中包括石油岸线一千米。

经过1973—1979年6年的发展，形成了湛江海洋石油基地。1973年2月14日，国家燃化部正式给广东省行文，成立南海石油勘探筹备处，由茂名石油公司代管。1976年5月，成立南海石油勘探指挥部，1979年9月，明确为局级单位。

莺歌海搏击海空、找油打气

天津军粮城农场[6]、海南北坡农场[7]
生长着一种名唤“家属”[8]的食粮
她们如此芬芳，胜却芦苇荡稻花飞香
她们极富睿智，运筹帐篷房强似宫殿
清晨上工，她们低腰吻遍百万斤稻谷
傍晚还家，她们挺胸奶大一众海油娃娃

641棉袄[9]，反正都是“理”
海油人家笃定一条“理”：我为祖国献石油！
他们起五更、倒三班
为海上作业供应百万吨生产物资
他们勤打桩、深挖泥
疏浚万米海堤系泊巨轮
他们盖学校、建医院、造粮店……
基地社会化功能日臻完善

碧海深处，海路阡陌、井架林立
海油人家征战沧海、搏击风浪
盐碱滩涂，人声鼎沸、旌旗招展
海油人家夯筑基地、建设油城
海油人家，碧海丹心日月鉴
海油人家，能源报国终不悔

⑥ 军粮城农场

1977年，油田接收北京军区空军军粮城靶场，面积25424亩。1977年，组织职工家属垦荒4000亩，1979年又垦荒4000亩，当年收获粮食50万公斤。油田在军粮城农副业生产基地建成16个居民点，安置工农业户口家属2000多户，同时建设了供水、供热、供电、通信等配套生产、生活设施。

⑦ 北坡农场

1976年，建立了福山农场，地点在海南澄迈，有稻田330亩，旱田1100亩，后来养了一些家畜。1982年，与地方政府协商，将农场移交给海南农垦局红光农场；1982年，建立北坡农场，地点在遂溪县，可耕面积1144亩，安置200多户家属。

⑧ “家属”

指户主本人以外的家庭成员，亦指职工、官兵等本人以外的家庭成员。早期，渤海油田职工来自大庆、中原、胜利等油田，其中复员军人占比较大。为解决部分职工的后顾之忧，油田先后安置工农业户口2000多户随迁军粮城农副业生产基地。随之，“家属”一词为海油人熟识并广泛使用。

⑨ 641 棉袄

海油前辈艰苦创业阶段，“道道服、狗皮帽、铁头鞋”为职工冬季劳保的标配。其中，道道服为上下两件，布料为棉布，颜色多为藏青、浅蓝，内续棉花，以较粗的棉线缝出经纬，经线细密、纬线粗疏，针脚运行轨迹上下贯通，人称“道道服”。

冬季，渤海海域天气严寒、滴水成冰。海上作业的石油工人为增强道道服保暖效果，时常在腰间捆扎一截麻绳以阻隔空气流通。遇有棉衣外层破损，亦可反穿。因“道道服”无里外之分，且“道”“理”相近，人们相互逗趣、自嘲或理屈词穷时，常以“641棉袄，反正都是‘理’”作结。

奠基

镜头定格在20世纪70年代末
20多年的曲折探索、艰苦创业
中国海洋石油工业雏形[1]姣好
可独立勘探、开发和生产海洋油气资源
家境渐丰、油藏日厚
发现4个油田探明储量3800万吨
开发3个油田获得最高年产量17万吨

渤海，10余座导管架式平台渐成风景
海4油田的发现、建成和投产
让我国跻身海洋油田生产国队列
建造更为先进的自升式钻井船成为当前要务
海油前辈许下宏愿：
我们要在大海上站得住、风浪中立得稳
还要丈量蓝色国土，沿着自己的桩腿爬升
在辽阔的海洋上站成大写的石油人

彼时，我国海上石油工业基础薄如蝉翼
一帮泥腿子要造船下海打井
一无资料，二无图纸，三无实物
任谁都要替他们捏一把汗
凭借石油人的聪慧以及大协作、联合攻关

❶ 雏形（中国海洋石油工业）
到20世纪70年代末，经过20多年曲折探索和艰苦创业，中国海洋石油工业已见雏形：形成了天津塘沽和广东湛江两个直属石油工业部管辖的海洋石油基地，拥有职工2万人；拥有40多座（艘）新型钻井平台、数字地震船、专用工作船，可以独立开展海洋油气资源的勘探、开发和生产活动；开始在渤海和南海北部进行勘探，逐步积累地质资料，初步形成对这些海域油气聚集成藏规律的认识；发现4个油田，探明储量约3800万吨；用自己设计的简易桩基钢结构平台独立开发3个油田，最高年产量为17万吨。

两年时间，建造了我国第一艘自升式钻井平台
渤海1号钻井船的成功经验得到创造性复制粘贴
几年间又建造了渤海3号等4艘自升式钻井平台

第26届联大，中国的合法席位得到恢复
周总理圈批引进国外先进设备的“四三方案”
南海2号等10余艘国际先进水平钻井船分批入列
初步形成我国海洋石油工业重型钻井装备群
北部湾获得南海石油零的突破
渤海埕北寻获我国第一个整装油田
会战石臼坨古潜山发现数个油田
我国海洋贫油论不攻自破

血泪为墨、钻头作笔
海油前辈义无反顾下海赶考
他们熬过了风暴肆虐的苦难日子
他们挨过了生命消逝的悲壮时光
他们展示了女子采油队的别样风景
他们用足迹丈量祖国美丽的海疆
他们用茧手为海洋石油工业奠基
他们用心灵描绘海油蓝色梦想

海油前辈面朝大海，中国海油春暖花开
沿着徒手创业的阶梯，海油精神引体向上
奋进、跨越、辉煌的交响乐章已然奏响

开放篇

李豫黔　高　歌

概　　述

1982年1月30日，国务院颁布《中华人民共和国对外合作开采海洋石油资源条例》，决定成立中国海洋石油总公司（下称中国海油），以立法形式授予中国海洋石油总公司在中国对外合作海区内进行石油勘探、开发、生产和销售的专营权，全面负责对外合作开采海洋石油资源业务。中国海油成立之初的主要任务是尽快改变中国海上油气开发落后的局面，建设起现代化的海上油气工业。中国海油通过开展国际招标，吸引技术先进、资金雄厚、管理优秀、经验丰富的国际石油公司来到中国，进行油气勘探、开发、生产和经营，在此基础上积极向国际石油公司学习。经过不懈努力，迅速提高了自身技术和管理水平，积累了资金，逐步获得了以国际标准独立开发油气资源的能力，真正跟上时代的步伐。

潮起 1978

春风，才探出半个身子
便染绿了山海间的风
临海听涛的季节说来就来
改革开放这双有力的大手
推启厚重的海上国门
吱扭一声，于缝隙间窥见
海风婆娑，波光浮动
大洋彼岸海上石油工业的灿烂
仅是一瞥，瞬间击中
一颗，上进的心
自此，我们张开臂膀，拥抱世界

那是1978年1月
海洋石油的先驱者们
组成了中国首个石油代表团
日夜兼程，出访太平洋东岸
一座座钻机平台
璀璨星辰般在大海中交相辉映
组成的现代化海洋石油工业
如海市蜃楼，神秘而壮观
他们踮脚观望，这一座座海上的不夜城
望洋兴叹，横亘在两个工业体之间的鸿沟

是一片汪洋，百年蹉跎
看起来好似，难以泅渡
这距离，令人喟叹
落后、落后，确实落后
不甘、不甘，实在不甘
改变、改变，定要改变

1978年3月26日
中国划时代改革前夕
人民大会堂东厅华灯齐亮
代表团汇报着赴美考察情况
静静地听，一词一句
是对国家主权的维护
是对平等互利的坚持
是对对外合作的渴望
于是，手执改革方案：
“由我方定海域，以补偿贸易的方式分期付款
按照国际原油价格，以油偿付”
字字坚定，将一切迟疑淹没
确定，开放海洋石油可以下决心
拍案，党中央做出海洋石油对外合作的伟大决策
着手，石油外交成为中国融入世界的问路石
启航，海上特区迎风伸展，四海熠熠生辉
海洋石油工业跃上浪的肩膀
成为一块试金石，成为中国首个对外开放的行业
体制内铿锵有力的撞击
化作一艘战无不胜的战舰，呼啸狂浪，血脉偾张

1978年6月22日
邓小平指出，同外国人做生意
胆子大一点，步子大一点
于是，石油工业部向中央提交
关于和外国石油公司试搞风险合同的报告
多种合同方式，择其善者而从之
而后，中方请进国外30多家公司商谈
两步走，以地球物探普查探路，再行招标
稳中寻机，方能突破
与此同时，走出国门
启程新一轮考察
美国、英国、法国、挪威
较于发达国家，探寻奥秘
巴西、科威特、喀麦隆、伊拉克
从发展中国家，寻道问路

岁月不居，时节如流
先驱们探索对外开放之路
沉谋研虑，步步周全
为国之海洋石油崛起
鞠躬尽瘁，无问西东
他们说，那段“吃苦”时光
便是享乐的日子，叫作青春

风起云涌

1980年5月29日
孟夏之际，畅畅惠风
白鸽轻踏琉璃般水面
衔着喜讯，飞入蓝天
这天，中日就渤海西南和埕北
中法就渤海中部和南海北部湾
签订了4个石油合同
遒劲有力的落款，昭示着
对外合作与建设海上现代化油田的开始

中国的门户稍稍露出一条缝隙
西方世界便闻风而动
旋风般与我国签下了8个地球物理勘探协议
13个国家、48家石油公司
在中国近海42万平方公里海域上
集中了全世界的海上物探力量
进行了一场绝无仅有的全球大会战
一年后，130吨原始磁带
123套报告和图纸，塞满书桌
700名外方专家，500名国内精兵强将
组成了4个海上油气资源评价小组
474个地质构造的模样，浮现在地图上

瞧啊，中国海原是希望之海！

于是，更多的跨国石油公司

携资金，带技术

漂洋过海，纷至沓来

合作的标旗从南插到北，如同攀上云梯

“小米加步枪”起步的中国海油

一下子就站在了航母的甲板上

投石问路

谁知，这块石头激起的不是欢呼

不是鼓劲，而是舆论的哗然

是“爱国主义”还是“卖国主义”[1]

是科学开发有效利用还是出卖资源

是千夫所指的千古罪人还是开放大潮的风流人物

这些大是大非的问题潮水般汹涌而来

各种形式的碰撞此起彼伏

面对质疑，先驱者们据理力争

没有先例可循的摸索

犹如在暗夜中前行

质疑不绝，如狂风，似暴雨

随时要把前行的人儿，掀翻在地

虽步履维艰，他们却从未停歇

用扎实的论述回应质疑的声音

是他们坚定的选择

苟利国家生死以，岂因祸福避趋之

这是何等无私无畏的气魄！

❶ 是“爱国主义”还是“卖国主义”

1980年，国内对“海洋油气资源对外开放是不是卖国”争论不断，此即“爱国主义与卖国主义之争”，这场大讨论关系到中国海洋石油对外开放，是“实践是检验真理的唯一标准”大讨论的一个重要组成部分。

邓小平对此批示
约集一批专家好好论证一下
1981年3月23日
石油工业部举行会议
史称“渤海大论证”
总有人走最坎坷的路
总有人挡最猛烈的风
九天，先驱者们
用铁的事实，科学的论断
逻辑清晰，有理有据
从实践到认识再到实践
逐一，详细阐述
是非，越辩越明
最终，赢了掌声，赢了人心
让某些人手上“卖国贼”的帽子无处兜售
为中国海洋石油工业走向何处一锤定音
党中央作出了明确回答，海上开发石油
要与外国合作，这个方针必须坚持下去
深刻的道理越辩越明
只有承认落后而不甘心落后
才是清醒有作为的爱国主义
只有不断学习苦炼成钢
才是走向成功规避悲壮的必由之路

回溯历史，仿佛还能听到演讲者
胸膛沉稳有力的搏动
那场空前绝后、启蒙心智的辩论
久久回荡在历史长廊中，澎湃不息

时代洪流与沧海一粟间
仍能感受到先驱者们身上
跳动着无私无畏的脉搏

纵使这条荆棘路注定会充满曲折、艰难、辛酸
纵使作为先驱者必然要承担质疑、曲解、谩骂
他们仍选择穿越最黑的夜
踏过坎坷，承受所有委屈和痛苦
为了迎接水天一线乍现的曙光
为了浪花丛中踏出一条海路
更为了那句不敢忘却的“我为祖国献石油！”

巨轮启航

1982年1月30日，国务院批准的《条例》[1]
及其配套的30多部法律法规，正式对外发布
奠定了日后筑就海上大庆的法律基石
那些为了海洋石油前路伏案思索的日日夜夜
先驱者们不眠不休
把从西方舶来，闻所未闻的
新理念、新模式、新体制的精髓融会贯通
摸索出适合中国国情的办法
为把能源饭碗端在手里
打下了夯实的基础
如擎起永不熄灭的火炬
在海洋石油历史上熠熠生辉

1982年2月15日，每一位海油人
从眼梢到嘴角，无不透露内心欣喜
这一天，在北京东长安街31号
黎明破晓之际，中国海油呱呱坠地
这一天，万里海疆壮歌震山河
划破东方的天际，把工业和春天
极其美丽地衔接起来，如大海在掌纹中流淌
涛声四溅，中国海油在改革开放的春潮中洗礼
是中国工业领域第一个全方位对外开放的行业

---

[1]《条例》
《中华人民共和国对外合作开采海洋石油资源条例》，简称《条例》。

这一天，她正式开启对外合作的传奇旅程
那般盛大的海国图志
以怎样的雷霆之势，奔跑以及呼啸
我的中国海　春潮涌动，波澜壮阔
我的中国海　风云际会，生生不息

一个工业　因改革开放而沧桑巨变
一个行业　因历史选择而挺立潮头
一个企业　因时代变迁而拔节生长
这一天，中国面向世界的海上能源巨轮正式启航
这一天，不疾不徐地降临，中国海油的前生今世
激情飞扬，千帆竞发
为实现理想被赋予更大经营自主权
众多宽松和优惠政策
让浅海的深海的油气变得愈发涌动
中国海油以对外合作和自营的方式
从事海洋石油天然气的勘探开发生产利用和销售
从事海上石油天然气作业承包服务，以及其他多种经营
公司注册资本60亿元，为这破冰之举
海上中国已熬过了万年的寂寞
海上中国已经受了万年的风雨

所有的声音自豪着，所有的人说
我们的中国海油，是新中国第一个国家石油公司
是海上特区，率先执行市场规则和国际惯例
我们开始站在高高的浪尖，解放思想，挣脱桎梏
为这艘巨轮带来马匹和火焰
惊涛骇浪不能阻隔我们的征途

潮起潮落不能阻挡我们的航程
这份春意盎然，我们携手跨越这个时代

酝酿已久的第一轮国际招标[2]公告
发布于中国海油成立第二天
在世界石油舞台，中国海油
奏响属于中国的
现代化海洋石油工业的交响乐
响遏行云，荡气回肠

祖国五湖四海的海油人啊
踏遍天南地北，劈波斩浪
只为探寻海底涌动的油龙
标准合同，酝酿多年
谈判桌的方寸之间
中方成竹在胸，不到二十天
铿锵有力的“三连音”
宣告中国工业领域海上特区的诞生
改革开放，高蹈宏阔
中国海油成为第一批试水强渡的先锋
党中央给予一系列优惠政策
允许向银行贷款，自筹资金
允许进口物资减免关税
允许企业所得外汇留在企业
允许生产的石油用美元作价以国际市场价格销售

从此，门扉轻启，海洋石油工业
踏上新征程，演绎新时代山海情

❷ 国际招标
国际招标也就是一种招标形式，只不过面对对象是全球企业，而不局限于某一个地区或国家。中国海洋石油工业的国际招标，是中国改革开放后在国际舞台上的一次惊艳亮相。首轮招标，不仅对中国海洋石油人，而且对于正在推进对外开放的中国，也是开天辟地的举措。

在每一片涛声的向往中轰轰烈烈
在每一座海上浮城的坚守中惊涛拍岸
在每一船油气的运输中乘风破浪
国之大者四十载
中流砥柱探沧海
海纳百川谋发展
油龙劲舞向未来

在党和国家的厚爱下
中国海油，茁壮成长
至如今，四十有余
多了岁月质感
依旧朝气热忱
春夏秋冬，行稳致远
形容你能用温柔、坚毅、果敢
且适配所有美好的词汇
海油人，海油魂
我们深沉内敛，满含深情
期盼每一年的2月15日
我们衷心祝福，大声唱出：
“中国海油，祝您生日快乐！”

首战告捷

渤海中日合同区连战告捷
北部湾收获首个发现
然而，对外合作的思绪海草般迎风倾斜
浪花翻卷，不切实际的想法被放逐天际
然而，第一波消息却令人大失所望
珠江口盆地，曾经招标的重点和热门区域
15个月内17口探井连连落空
珠江口上空阴云密布
北部湾、南黄海颗粒无收
就这样，第一轮招标合同区勘探失利
外国合作方乘兴而来、败兴而归
信心动摇，举棋不定，徘徊观望
海浪花在下沉，海石油若隐若现
故事没有终止，希望因坚持诞生

从一张张海图开始
总结经验，多方游说帮助外方赢回信心
勤学苦练，众志成城，互利双赢
一些文字从纸上游下来
占据了海油人皲裂的手掌
流动在海油人勤劳朴实的脸上，水花四散
带着黑色油泥的芳香被画在船头

寻觅出海底油花的芳踪
主攻惠州凹陷，捕获成串发现
那不被看好的生物礁流花 11-1
捕获亿吨“大鲸鱼”，铸就当年海上最大油田
同日本人合作的渤海湾埕北油田
同法国人合作的南海北部湾涠洲 10-3 油田
两所海洋石油的黄埔军校
一北一南，镶嵌在祖国万里海疆的两颗珍珠
在同一时刻绽放光芒，引领海上特区的辉煌之路

中美意三国联合开发南海珠江口惠州 21-1 油田
成了我国海上第一个年产百万吨的油田，紧接着
与挪威合作的陆丰 22-1 油田
与美国合作的西江油田
与日本合作的陆丰 13-1 油田
与加拿大合作的白云天然气田
相继登场，流动着中外合作双赢互利理念[1]的神韵
海油人在波澜起伏中与海共舞，与海石油紧紧相拥
从“一无资金二无技术三无装备”赤手起家
中国海油被“对外合作”赋予无限可能
第一个十年，向全世界发出四轮招标公告
拉动我国造船海洋工程制造钢铁等多个行业快速发展
曾经平静的海面，如今波澜壮阔
直把那雄厚的史诗铺满波光粼粼的海浪
让那雄浑的涛声唱出海油人的诗情画意
让所有的荣光和梦想都迎接丰收的沐浴
许多美好的故事被谱成名曲
从这片蓝色国土上飘起，经久不息

❶ 双赢互利理念

双赢互利理念是具有鲜明中国特色的管理思想。这种理念最先为南海东部石油公司总结探索出来，并在全系统获得认可和推广。双赢互利理念的含义是：合作双方在优势互补的基础上，严格按国际惯例运作，并规范自身行为，通过真诚合作、有效沟通，实现合作利益最大化，使双方都成为赢家。

之一　埕北春早

早在1972年，中方就发现了埕北油田
那一年，还是土法上马
简陋的钢结构平台加国产设备的组合
建成了简易采油平台
那一年，还是老套办法
老黄牛般地开发生产
可想而知的低产量啊
1980年，中日在渤海湾
开展石油合作，决心
让这里绽放朵朵油花

在那个激情澎湃的岁月，呼啸的钻头
咬穿深沉的海底，倾诉多少光荣与梦想
1980年5月29日，晴空湛蓝的日子
天边掠过几只南来北往的海鸥
这一天，中日在东京签订合同，共同开发埕北油田
对外合作与海上现代化油田建设的序幕由此拉开

这里虾蟹欢腾，杉树疯长，海鸥飞翔
当生命上升，上升到万众汪洋的顶端
有数不清的浪花和油脉，闪耀共同的光芒
有数不清的星光和道路，指向共同的远方

已是初夏，渤海湾的芦苇随风摇荡

潮水深深浅浅，冲刷着北国的堤岸和丰富的石油储藏
一场空前绝后的培训拉开序幕，黑夜连着白昼
日升月落中，轮船热热闹闹地打破这里的宁静
石油精英们会聚于此，展开新的画卷
一年四季，斗转星移，汗流浃背，快马加鞭
直至生根发芽，海油人的思想航行加快
穿过一排又一排波峰，告别一层又一层浪谷
现代化的劳作，就这样奔腾而来，书写成章

蒋少龙

中国海域，中国对外合作开发的第一个
按照国际规范和标准，设计建设管理的
现代化油田，一经诞生，便有无数强壮臂膀
拥护这片待耕的海域，抚摸大海蔚蓝的面庞
时间、空间慢慢清晰，历史的脉络逐渐放大
这片海天，风生水起、掌声雷鸣

为此，他们精心设计制定了一系列方案
生产操作岗位，以一对一原则配备
一位大学生、一位有经验工人
和一位日方的技术人员，结队
为全方位接轨，擦亮海油名片
23名从全公司精心挑选的专业技术人员
24名具有丰富海上工作经验的操作工人
新一代知识分子、老一辈经验工人
为了那句“我为祖国献石油”的承诺
从五湖四海，会聚而来，相约这片海

面对合作方严苛的培训和考核制度
勇敢的埕北人迎难而上，跟着外国专家
逼着教，追着学，自己出题，主动请教
黑夜中，对知识渴求的灯火常亮至黎明
日拱一卒，功不唐捐，玉汝于成
1985年9月3日，埕北油田B平台第一口油井出油
1985年10月1日，埕北油田输出合作第一船原油

在这座灯光交相辉映的石油之城
石油领军者，以钢铁的意志奔涌向前

1987年6月30日，渤海湾天高云淡
埕北油田，由日方移交中方石油公司
油田操作者换位，海油员工全员定岗
不到三年，便成功接管平台
拿下一座城池，开拓一方疆土
日就月将，渐益堆积，精进不止

埕北、埕北，听往事细声低语
它从不苛求历史，因为它就是历史
于点滴间，研读开发者缜密思维
汇入九河下梢的海口
风清日朗、鸥鸟鸣唱，谁人雕琢时光
青鸟衔一段合作开发的传奇，在海风中远征
在每一汪湛蓝，每一张日历上，上下翻飞

之二　友谊巨轮

中国海油人眼眸里晶莹的光
一如既往，在强烈的胸臆中
划过浅海，一路向北
进驻渤海心房
在其上，听长辈说
有座渤海友谊号
又被唤作海洋石油101
你或许没有登临过他
但也许你曾感受过他

总长215.62米，型宽31米，载重量52000吨
由七〇八研究所[1]设计，上海沪东造船厂建造
成长于我国首次以总包形式承担的
首个海洋工程国际项目
他雄浑的身躯把岁月摇成海浪
又把海浪推向远方，沿着波光粼粼
浪花一路盛开，云朵随风游走
渤海友谊号FPSO[2]，这座大型海上石油生产基地
像划过天边的闪电，横空出世
雄踞渤海湾，坐拥千里黄金海岸

海上油气处理，商用原油储油与外输
发电供热油田，监控人员居住……
这座海上浮城，像无所不能的巨匠

❶ 七〇八研究所

七〇八研究所是中国船舶工业集团公司第七〇八研究所的简称，组建于1950年，是中国船舶行业内历史悠久、规模最大、成果最多的军辅船及小型战斗舰艇，船舶及海洋工程设计研究开发机构，是船舶设计技术国家工程研究中心，是“九五”“十五”国家高新技术船舶及海洋工程重大攻关项目的中坚力量。从20世纪80年代诞生的“渤海友谊号”至今，该所为中国海油40余年栉风沐雨，累计研发设计15艘FPSO，携手打造了一项项精品海洋石油大型装备工程。

❷ FPSO

FPSO是海上浮式生产储卸油装置的英文简写，可对原油进行初步加工并储存，被称为“海上石油工厂”。

守护着一望无垠的海面，夜夜灯火通明
看，这高矗猎猎招展的生命
伴着星窗滔滔而进的海风
奏响渤海湾最高处的乐章
海油人以友谊之名，梳理钢铁成坚毅船体
那系泊的单点和锚链在猎猎海风中稳如泰山

他挺进渤中28-1油田，于1989年5月25日正式投产
以航空母舰般的英姿劈波斩浪
作为我国自行设计建造的第一艘FPSO
也是世界上第一艘用于浅水、有严重冰情海域的FPSO
这座海上巨无霸工厂，领衔着地下的石油
驾驭着冰封和海啸，浪涛激越的马蹄声
让人致敬那不知疲倦的劳作
遭遇一次持续长达20小时、12级大风浪
依旧吹不动他坚如磐石的船体
以众人仰视的角度，稳稳跻身世界先进行列
一举拿下，1991年国家科技进步一等奖
并荣获，2005年中国十大名船之称

这座友谊巨轮，开我国船舶工业与
海洋石油工业技术合作的先河
奏响海上油田开发的历史乐章
标示我国海洋工程领域的开端
形成了广泛采用浮式生产储卸油装置的新局面
一连串特殊的日子过后
国产海洋油气开发装备日渐成熟
到了海油智慧怒放碧波的季节

他树立的信誉和威望，让人景仰并颂扬
那份激情系万顷碧波之上
任向南的海流驰骋而去
那闪亮的名姓，那澎湃的动力
让我们经年陶醉于无比生动的油气处理中

之三　涠洲圆梦

是谁吹响南海北部湾海区石油勘探开发的号角
背离陆地，把全部的家园，泊水之湄
一海里一海里，远离石油人曾经熟识守望的泥土地
鸥鸟之下的钢铁岛，盛产海螺海虾和热带鱼
1980年5月29日，这里迎来了喜庆和改变
我国与法国道达尔等几家外国公司签订合同
在这片海域合作进行石油勘探开发

涠洲，曾经牛犁停耕、民谣待垦
现如今，沉默亿万年的波涛逐日飞升

海油人鸣响现代化的航笛，乘风破浪勘察油龙的踪影
亲昵葱茏的浪花，倾听各方谈话
六国参股，共担风险，共同进退

这里是古代海上丝绸之路最繁忙的航线之一
曾经来自中亚的香料和欧洲的玻璃
一船船，搬运而至的人类智慧
不会因为岁月，远离沧海桑田
如今，探海人用健硕温暖的臂弯
拥抱这片蓝土地，不断耕耘探索
于1982年11月发现了涠洲10-3油田

两年的评价与可行性研究，认为
放之陆地，它是难得的高产油田
而在蓝海，困于艰难开采条件
就只能被贴上中等油田的标签
办法总比困难多，经双方多次磋商
先建一个评价性试生产区的路子
通过早期生产来进一步评价开发的经济性
在保证国家税收的条件下，用试生产的原油
首先确保双方新投入的回报，一举两得
既确保了外方的利益，又使中方不受损失
观点一致，分歧解决，说干就干

最初的涠洲10-3油田，采用一套全海式油气集输系统
主要由一座井口平台，一套单点系泊
一套海底管线系统和一艘FPSO组成
经过评价性试生产，两年后正式投产
成为我国南海首个投入开发的油田

在这次声势浩荡开天辟海的开发中
南海希望号成为我国南海油田开发的第一艘FPSO
由中法联合账本共出资300万美元，买回西班牙的小油轮
另花400万美元在新加坡改成一艘拥有自航能力的FPSO
康世恩亲笔提名：南海希望号
在新加坡焊上了船头，镌刻下梦想

南海希望号于1986年在涠洲10-3油田投产
以一座海上油气加工厂的功能，承担着
生产和储油的重要任务，挺立在南海的滔天骇浪里

经历不断地学习融合进步，中方于1988年全面接管
他陪伴海油人走过了技术贫瘠的艰苦岁月
也记录了海油人的拼搏精神

早年间，中方船员要从湛江乘坐五六个小时的汽车
到北海，再乘拖轮出海倒班
往返奔波，历练了海油人的意志
在那个没有互联网和移动通信的年代
海上平台和南海希望号的员工
只能通过书信与陆地联系，在对邮差的盼望中化解孤独
跨越千山万水，却把新闻等成了旧闻
除非有特别紧急的事情，海油人才能申请到“单边带”
联系家人，千里传音
正是这样艰苦的岁月，历练了海油人的技艺
家园的杯盏以学习的姿态靠近一种湿度
热带的湿度，带着高温和热情
把最初的光芒辽阔成一望无际的草原
激励海油人飞奔向远

1988年8月8日，一个天设地造的好日子
中方作业者取代了法国道达尔
拥有了南海第一个海上油田的作业权
自此，自营的涠洲11-4油田建设步入快车道

为了提高油田的经济效益，南海西部公司
在开发工程中，充分利用了涠洲10-3油田
现有的单点系泊和南海希望号等生产设施
大大降低了油田开发成本

走出了一条资源共享滚动开发海上边际油田的新路子
依照这个思路，此后在北部湾
逐步建成了涠西南油田群，让这片海聆听到澎湃的声音
成为南海西部重要的原油生产基地
涠洲，前进，前进，涠洲
海油人掠过郑成功瞩望过的波涛，摁下抒情键
是把无数的黑夜摁进一个黎明去开发
是把无数的音符融进一艘巨轮去冲浪
奋楫扬帆，百里风趠，不负这个时代

1986年，中法合作的北部湾涠洲10-3油田举行投产剪彩仪式。

之四　崖城放歌

这片海聚集了山海精华，轻盈灵动
1983年6月，法国阿科公司将大海劈开
一个储量超千亿方的海上特大气田
崖城13-1气田，横空出世
时光温润，一套套先进设备
承载万里之外的理念、技术
漂洋过海，叩响莺歌海之门
精细打磨，一篇篇天然气开发利用方案
大气田从天降临，各方喜不自胜
邓小平对石油工业部作出了指示
广东省组织力量到四川考察
并向国务院提出了一揽子利用方案
中国海油考察团南下泰国取经
与世行能源部交换意见，访问法国天然气公司
1985年5月，国务院技术经济研究中心
编制莺歌海天然气利用规划研究报告
提出作为城市民用燃料，天然气发电
气顶油工程，尿素工厂，液化天然气，海南岛炼铁
几个途径，精彩纷呈各有千秋

与阿科公司的长跑近十年，谈判一波三折
针对崖城13-1气田的开发和生产
也曾确定天然气经由海底管道登陆海南岛三亚
数轮慢热式谈判，逐渐缩小分歧，消弭裂缝

年产150万吨的LNG方案吸引
日本东京瓦斯公司，香港中华煤气公司
香港中华电力公司，纷至沓来
三方优选，诸多不确定因素
一度使得项目前景扑朔迷离
艰难的竞争比对，方案优化，终成大器
崖城13-1气田的天然气，花落东方之珠中华电力
那是1992年11月，中国海油与阿科公司签订
天然气开发生产总修订协议
决定气田的天然气输送至香港，一部分留用海南
这个长达八年，寻找市场的历程
成为中国海油春天里获得的最好的礼物

此后，崖城13-1成为中国第一个海上气田
铺设气龙，架设浮城……
天然气，梦里花开，跑进新时代的东方
跑进崖城至香港的778公里输气管道
它的总长度世界第二，管输压力世界第一
这里桥梁、道路……民生，可亲可触，摆满万家灯火的柴米油盐
这里为东方之珠源源不断输送清洁能源，助力以气代煤发电
把能量转换成蓝精灵，倾注工厂、学校、医院
倾注小满、端午、中秋、元旦以及大寒、小寒
倾注新能源私家车、街道、电脑、手机和微信
倾注井架、船舶……
南来北往，见证内地与香港相互依存、携手发展

踏浪飞奔

风从海上来，浪花在蓝草原逐梦而开
是时候对标世界一流，探寻企业改革
如约而来，掀起阵阵波涛
凭栏远眺，中国海油启动全面整顿
用管理创新激活海油动力，与国际化接轨
向着现代化的风向标破浪前行
不破不立，破而后立
告别大锅饭，砸掉铁饭碗，破除大而全，渐渐地
计划经济固有的管理方式和思维习惯被突破，被扬弃
一些带有市场经济特征的理念规则和做法
先进的管理理念和企业制度，在海洋石油生根发芽
经济有效的勘探开发策略，精干高效的用人政策
在自己的发展基因里融入新时代，把四海黑金
转变为实实在在的油气，是这样的酣畅淋漓
当原有装备和队伍无法承担反承包任务，设备闲置
我们便重启自营勘探自营开发，在同一海域
与外国人相互比赛，唱出心中的理想
我们踏浪飞奔，奏响前进乐章

挺进辽东湾，擒获绥中 36-1 油田
重新评价令北部湾起死回生
在莺-琼盆地建设南海大气区

合作勘探与自营勘探方兴未艾，两条腿走路
从西部到东部，渤海到南海
把平台簇拥成一座最绿的岛屿
背山面海，身后的海风掠过市场经济波澜壮阔的前景
跟随时代的步伐让我们披荆斩棘，踏浪远航

从四海到八荒，从纸上谈兵到行家里手
两条腿走路[1]像用脚步丈量蓝色国土
在翻山越岭的碰撞中磨合，风霜雨雪的挫折中懂得市场
一路用脚步来丈量，把海底的油龙铸造成民族的脊梁
从看着外国人干转变为学着外国人干
我们全力搞好反承包，资金积累，技术创新
我们树立甲方至上的全新思想，冲破束缚
强有力地冲过西方石油公司百年走完的道路

我们为祖国的海洋石油事业战天斗海
吹过南海的风，踏过东海的浪，听过渤海的雪
从木质渔船到现代化铁质平台，用横扫千军之力
铺开一刀蔚蓝色的宣纸，渲染海上城堡日夜奋斗的气息
从拖轮到直升机，上天入海的平平仄仄
一页页涛声提纯心中信仰，一道道涌浪镌刻额头纹路
轰鸣着五星红旗下的誓言，不断融入这片海天
从浅蓝到深蓝，由北向南，自西往东
一路凯歌，漫成绝美的诗行

仅数年，世界便通过中国海油观察中国奇迹
那些浮动的海上国土，在波光粼粼中气势磅礴
历经沧海桑田，被脱胎换骨地改造

[1] 两条腿走路
1983年2月，国务委员康世恩到湛江视察南海石油勘探指挥部，针对多艘三用工作船码头待工情况，提出“两条腿走路”方针，要实行对外合作与自营勘探并举，两条腿走路。

一方一方的储量就这样被勘探的海笛音探测

资源评价，区块划分，高耸的钻井平台鼓动羞涩的风帆

1994年，中国海油与国际合作伙伴

在国内海域签订100个对外合作石油合同

不同的社会制度、公司体制、管理机制、价值体系

在这里撞击融合，世界喜融中国海

双赢互利理念无处不在，跨越国界，纵横古今

跨越篇

梁兴悦　单荣国

概　　述

20世纪90年代，国家能源需求持续增加，与此同时，国家政策密集出台关于实施加快改革开放和现代化建设的重大战略，开辟了国有企业改革的“黄金时间窗口”。中国海油牢牢抓住这一历史机遇，解放思想，开拓进取，在实践探索中走出了一条对外开放、自主创新、深化改革的高速发展道路。尽管其间有不少艰难、曲折和险阻，海油人砥砺奋进，攻坚克难，在走向国际、迈向中下游、进军深水、建设现代企业制度等方面取得一系列突破和成就，实践了极大跨越。2010年，中国海油成功上产5000万吨，圆梦“海上大庆”，铸就了中国海洋石油工业发展史上新的辉煌。

世纪之旅

单荣国

历史之观，变化是世界永恒的旋律
世纪之旅，跨越是中国海油奋进的基调

心无旁骛、矢志一流，从国内跨越国际
中国海油争取了腾挪的时空
击楫扬帆、锐意改革，从上游跨越下游
中国海油打造了完整的产业链
匆履踏浪、激情创业，从浅海跨越深海
中国海油拥有了充分的企业自信
史诗般的“三大跨越”，跻身世界先进行列
“为祖国加油，为民族争气”
中国海油，用实际行动践行能源报国的崇高使命

因改革开放而生，因改革开放而兴
镌刻“为中国改革开放闯路”天然基因
世纪之交，中国海油缔造了“海上特区”的无数传奇
1994年，收购美国阿科公司马六甲海峡区块32.5%权益
“第一个海外油田”收入囊中
2002年，收购西班牙瑞普索公司在印尼五个区块的权益
“中国首宗大型跨国并购”告罄

2002年，“渤海九号”远赴非洲尼日利亚打井
国产钻井平台首次以独立承包商身份进军国际市场
2005年，竞购美国老牌石油公司“优尼科”横遭政治干涉
功败垂成，但中国海油被世界垂青，股价飞涨
2005年，收购加拿大MEG公司16.69%股权
中国海油首次进驻北美油砂资源市场
中国海油紧跟国家发展步伐，勇当改革开放探路者
从国内跨越国际，成为世界观察“中国奇迹”的窗口

许党报国，不容迟疑、不能懈怠
作为国家石油公司，中国海油起步晚、基础差
比较石油，中国海油上游板块的油气资源体量小
比较石化，中国海油下游板块炼销一体化优势弱
20世纪末，清洁能源在中国尚未得到充分重视
中国海油领风气之先，从上游跨越下游
培育“炼油化工、油气贸易、技术服务”等差异化特质
进军LNG产业，确立“油气并举，向气倾斜”发展战略
2001年，“中海油36-1”产品先后出口韩国、澳大利亚等国
实现我国重交沥青国际贸易零的突破
2006年，广东大鹏LNG接收站建成投产
中国海油成为我国LNG产业“第一个吃螃蟹的人”
2006年，备受国内外瞩目的中海壳牌正式投产
此为我国改革开放后最大的中外合资项目
中国海油上下游产业链携手进退，多能互补，协同发力
成为国内第一大煤层气生产企业，全球第二大LNG贸易商
“海油模式”综合能源体系方兴未艾、启迪深远

拳拳赤子心，殷殷海油情

1996年3月29日，流花11-1油田正式投产
中国海油翻开了走向深水的第一页
2004年，中国海油与哈斯基签署南海深水区块的合作勘探合同
揭开了我国深水油气勘探的序幕
2006年4月，我国第一口超千米水深的探井荔湾3-1-1开钻
发现约1500亿立方米的天然气可采储量
2010年建成“海上大庆”，奠定全海域布局战略
十余年磨砻淬砺、累土聚沙，从浅海跨越深海
中国海油稳居国家能源“主力军”地位

中国海油作为我国首个“海上特区”
拥有国际合作的天然基因
蕴含纯粹的“姓党为党”国企属性
肩负保障国家能源安全的重要职责
从国内跨越国际，从上游跨越下游，从浅海跨越深海
1994—2012年，中国海油担纲世纪之交绝对主角
成功实施了创造性、历史性的“三大跨越”
这是一次跃迁升级、一场世纪逆袭，更是一种时光穿越
曾经落后百年的中国海洋石油事业足以比肩世界同业

海纳百川

梁兴悦

泰山不让土壤，河海不辞细流
“依托上游，发展下游”❶
走全产业、一体化、多元化的发展之路❷
中国海油快马加鞭未下鞍
一次次凤凰浴火，一番番破茧成蝶
登高振臂，声声呐喊
引来世界啧啧称叹

内蒙天野、中化建、中化供销、富岛化工……
一轮轮合并、重组，中国海油挟风雷之势
矗立起伟岸的身躯，有容乃大
生产、销售、贸易、金融、新能源……
中国海油，八面出锋❸
奋楫四海，挥斥方遒

你看
那洒落“两洲一湾”❹的石油炼化，珍珠似的流光溢彩
那星罗棋布的加油站、加气站，在城市、在乡间竞相开放
那大亚湾引来了大鹏金翅鸟
中海壳牌石化“巨无霸”深耕南海，把绿色环保的春风吹遍
还有那发轫于美丽椰岛的中海“富岛化肥”❺，从南贯到了北

❶“依托上游，发展下游”
1989年中国海油在杭州召开的领导干部会议提出，将“开拓炼油化工新领域”作为公司五大发展战略之一，1990年公司“八五”规划提出“上下游一体化经营”战略。1996年公司“九五”规划提出了“开拓下游、发展海外”的战略，并将“向下游拓展建设石油、天然气加工和化肥、化工产业”作为下游发展的指导思想。2001年，公司“十五”规划将发展海上天然气摆到了一个重要的战略位置，提出了“依托上游，发展下游”的方针。

❷全产业、一体化、多元化的发展之路
2001年12月，中国正式成为世界贸易组织（WTO）成员。国资委在2003年成立伊始，便大力推动央企重组，提出了着力培养30～50家具有国际竞争力大企业的重组目标。在这种情况下，中国海油加快了进军石油化工、炼油等下游产业的步伐。在国资委支持下，通过一系列重组整合，中国海油积极布局全国性的化工品生产和销售网络。此外，中国海油还率先开辟了中国的LNG业务，进一步扩大了石油贸易和金融业务，大举进入盐化工、新能源等领域，成为一个上下游一体化、产业多元化的能源公司。

❸八面出锋
书法术语，指用毛笔的不同锋面来书写。这样的书法作品笔法丰富，富于变化，具有较高的艺术趣味。

❹“两洲一湾”
2008年，炼化公司编制完成了《中国海洋石油总公司炼油与石油化工中长期发展规划》，标志着“两洲一湾”战略正式形成。“两洲一湾”包括珠江三角洲、长江三角洲、渤海湾。

❺美丽椰岛的中海“富岛化肥”
中国海油是较早在海南投资建设大项目的央企之一，在海南经济低迷时期，中国海油通过收购富岛化肥，带动了海南化工业的发展。2000年6月15日，中海石油化学有限公司正式成立，同日宣布中海石油化肥项目正式启动。该项目是当时国内生产规模最大的化肥厂，其成功建造标志着中国海油上下游一体化发展战略从此进入了实施阶段，具有里程碑式的意义。富岛公司如今已发展成为中国天然气制尿素的标杆企业，优异的尿素产品质量造就了国内外驰名的“富岛”品牌。

支农，惠农，科学种田，在中国的田野上
犁出一道道海油的沟壑，农民的脸上
笑成了鱼尾纹，笑成了一汪汪幸福的泉
再有那“中海油 36-1 重交”[6]
走遍了全国，走向了世界
把那中国海油制造的高级沥青
铺上了长安街，铺上了首都机场
铺上了世界杯，还铺上了奥运会

你听
阵阵掌声，这是来自伊斯坦布尔的欢呼
惠州西湖边上的中国人举起了荣耀的光环[7]
精品工程，世界标杆[8]
大亚湾，一座崭新的石化城拔地而起
中国海油从此告别了“有采无炼”
差异化、清洁化、信息化、高价值
璀璨的海石花盛开在高酸重质的“黑金”的土地
惠炼惠炼，青春流响
唱鸣着海油永世的恋歌

你再听、你再看哦
当“海鹰号”[9]的船笛声悠悠飘进美丽的大鹏湾
中国海油又骄傲地拉开了LNG的大幕
从南海到东海到渤海
是那一擎爝火，燎燃起光明的原野
是那万家的灯火，点亮了耿耿星夜的长河

⑥“中海油 36-1 重交”

绥中36-1重质原油是生产优质沥青难得的好原料。油气销售公司向国家申请注册“中海36-1”重交沥青商标，这是总公司下游产业的第一个品牌。2001年6月2日，中海油36-1沥青实现我国重交沥青国际贸易零的突破，先后出口韩国、乍得、澳大利亚、赤道几内亚、马达加斯加等多个国家和地区，并用于2014年巴西世界杯和2016年里约热内卢奥运会场馆建设，在2007年和2014年两次铺上长安街。

⑦荣耀的光环

2010年，IPMA（国际项目管理协会）在土耳其伊斯坦布尔举行第24届“国际项目与管理大会”，惠炼以831分的历史最高分摘得桂冠。

⑧精品工程，世界标杆

惠州炼油项目是中国海油投资建设的第一座大型炼厂。惠炼吸取了全世界的经验，是一次性规划、整装性的千万吨级炼厂，有着完美的布局：想法创新，衔接精短，供料经济，土地集中，节约耐用，各期工程充分融合。惠炼一期，海油提出了“清洁化、大型化、高价值”的“三化一高”规划目标。二期初始，又提出了“技术领先，精品工程，卓越管理”的理念。世界知名石化巨头纷纷来惠炼取经。惠炼是中国炼油行业的精品工程，也是中国海洋石油系统的精品工程。

⑨“海鹰号”

2006年5月18日，载着第一船、重达6万吨LNG的“海鹰号”运输船，由澳大利亚出发，航行近4500公里后，安全靠泊在广东大鹏LNG接收站码头。第一船LNG到达，标志着我国首个LNG长期资源供应合同开始实施。6月28日，时任国务院总理温家宝和时任澳大利亚总理霍德华共同按下启动按钮，自此，由中国海油牵头实施的我国首个进口LNG项目——广东大鹏湾LNG项目正式投产。

气化神州[10]，擦亮青山绿水
广东模式[11]，添彩美丽中国
当“国船国造”把“国货国运”[12]送到每一处角落
海油人便摘下了世界民船建造皇冠上的明珠[13]
当世界的镁光灯又一次聚焦于中国面孔
我们再一次擎起举世的殊荣[14]

秋去春来，云卷云舒
从蓝土地到黄土地
从长夜到永昼
我们用满脚的泥泞蹚出一串串美丽的蓝色脚印
从冰天走进春暖，从雪地走向花开

共举一面旗，同唱一首歌
“我为祖国献石油”
在上中下游一体多元化的道路上
我们阔步昂扬
奋斗的故事
说也说不完，道也道不尽
一直唱到海角天涯，唱到四海八荒

⑩ 气化神州

随着中国工业化和城镇化的不断推进，以及节能减排标准的提高，中国天然气产业形成了“西气东输，北气南下，海气上岸，就近外供”的局面，国家级天然气管网基本形成。

⑪ 广东模式

广东大鹏LNG项目是一项前所未有的宏大工程，其站线工程设计规模为年周转370万吨，供气范围覆盖珠江三角洲主要城市及香港。作为LNG产业的试点工程，广东项目具有很强的示范价值，所开创的广东模式，为推动我国LNG产业的健康快速发展提供了很多宝贵经验。

⑫ “国船国造，国货国运”

20世纪末，国家计委明确提出，中国LNG项目要涉足LNG运输船的投资和管理，通过“国船国造”保证进口LNG“国货国运”，牢牢掌控中国海上能源通道，填补LNG船建造和海上运输两个领域的空白。

中国海油实现自造LNG运输船，包括“泛亚”号、“海洋石油521”、“海洋石油522”、“大鹏”号、“泛美”号、“泛欧”号等。

⑬ 世界民船建造皇冠上的明珠

LNG运输船是国际公认的高技术、高附加值的船品，被誉为“世界民船建造皇冠上的明珠”。中国进入LNG产业链中，为中国造船工业争取到了重要的发展机遇。

⑭ 举世的殊荣

2013年11月19日，中海石油气电集团从全球上百家LNG业内公司中脱颖而出，在第十四届全球LNG峰会中荣获“2013年度世界LNG行业杰出贡献奖”，成为首家获得该奖项的中国公司。

不破不立

梁兴悦

从那一湾海水的微澜，绽出第一粼波光
海油人便沸腾着对石油的热望
从那一份创业的激情，扬起第一朵浪花
海油人便执着与岁月同行

20世纪90年代
随着社会主义事业的蓬勃发展
国家能源需求持续增加
加快改革开放，加快现代化建设步伐
历史的车轮滚滚向前
国有企业迎来了发展的“黄金”契机[1]
中国海油，壮志满怀

曾几何时
高投入、高成本、低收益
就像那脚下沉沉的镣铐
桎梏了多少海油人“能源报国”的夙梦
举步维艰，夜不成寐

在长期的对外合作中
中国海油睁开眼睛看世界

1 “黄金”契机
1993年11月，中共十四届三中全会明确了建立社会主义市场经济体制的行动纲领，明确了国有企业改革的目标是建立“产权清晰、权责明确、政企分开、管理科学”的现代企业制度，为国有企业现代企业制度改革带来了机遇。

现代工业的“海国图志”[2]，海油人有着深切的体认
先进的管理、高效的产出、强大的资本运作
师夷长技，海油人渴望着一次蜕变

一股风，一股南来的风[3]
携着春的消息，吹遍大江南北
也把绿色的希望撒入海油人的心
旌旗猎猎，群声鼎沸
中国海油吹响了企业改革的号角
激扬起一场命运的救赎

重组、改制
从勘探开发，到支持保障，到社会服务
海油三线分离[4]
从油公司，到专业公司，再到基地公司
我们步步为营[5]

那是谁，翻身坐起
将那一夜的黑白和混沌，幡然、决绝地抛在脑后
那是谁，挥一挥衣袖
便推展出百米的长卷，明日的丹青
急欲欲地在红星宣[6]的纸面上，皴擦、点染
又是谁，拉动了岁月的风箱
翻飞起“明天会更好”的希望乐章

击水三千尺，风正好扬帆
“三条线”逐步分离
“三步走”重组上市

❷ **“海国图志”**

中国近代新思想的倡导者魏源编写的《海国图志》，是当时介绍西方国家的科学技术和政治、历史、地理最翔实的专著，主张学习西方国家的科学技术，提出“师夷长技以制夷”的思想，是一部具有划时代意义的巨著。书名中“海国”的含义是海外之国。

❸ **南来的风**

1992年1月18日至2月21日，邓小平先后到武昌、深圳、珠海、上海等地视察，并发表了一系列重要讲话，通称“南方谈话”。南方谈话是把改革开放和现代化建设推向新阶段的又一个解放思想、实事求是的宣言书，对中国20世纪90年代的经济改革与社会进步起到了关键推动作用。

❹ **三线分离**

1992年南方谈话后，中国特色社会主义市场经济得到进一步发展，中国海油在开放体系下，学习借鉴国际同行业先进的管理经验和成功的管理模式。为了实现改革效果最大化、改革成本最小化，中国海油于1993年提出建立国际油公司体制，并设计“油公司集中统一，专业公司相对独立，基地系统逐步分离”的“三条线”改革路径。

❺ **步步为营**

“三步走”改革上市，以优质资产盘活相对较优和相对不优资产。第一步，2001年油公司重组上市，3%的人员带走80%的优良资产，登陆国际资本市场；第二步，十家专业公司重组成两家，37%的人员带着12%的相对优良的资产上市（2002年海油工程、中海油服上市）；第三步，2004年开始基地集团的重组，60%的员工带着8%的相对不优的资产，走上了化劣为优的发展道路。2019年海油发展上市。

❻ **红星宣**

红星牌宣纸是曾三次蝉联国家质量金奖的产品，2006年被国家列入国家级非物质文化遗产并授予“中华老字号”称号。具有质地绵韧、光洁如玉、不蛀不腐、墨韵万变等特点，享有千年寿纸的美誉，它是书法、绘画的珍品，也是印制经典著作、高级档案、中外文件的高级用纸。

用在此处，是象征着中国海油的改制，仿佛是铺就了一张上好的红星宣纸。海油人可以在上面尽情地书写、描绘美好的未来。

用工改革，薪酬改制
冲破旧制的藩篱
砸碎思想的枷锁
以开放的胸襟、超前的眼界、惊人的胆魄
赫然建立起先进的国际油公司体制
“南学宝钢、北学海油”[7]
中国海油骐骥一跃，志在千里

风掠长天，惊涛拍岸
穿云的海燕在石油寒冬的呼号中怒啼
1997年，亚洲金融风暴[8]突如其来
无情地摧打着世界石油价格
也侵蚀着中国海油尚未强壮的身躯
To be or not to be?
就像一把锥心之剑，时刻触痛着海油人的心

其时，20世纪90年代初那场划时代的变革
中国海油已逐步踏上建立现代企业制度之路
渴望拥有更大能源舞台，一颗上进的心强力跳动
海油人深知：小船难敌大风浪
唯有做强做大、建成国际化一流能源公司
才能在国际石油行业的惊涛骇浪中行稳致远
而今，面对企业发展的内在之需和外部环境之变
面对油价低迷、资金匮乏
面对国际并购风起云涌
中国海油，何去何从？

1997年秋

⑦“南学宝钢、北学海油”
随着各项改革取得显著成效，中国海油逐步成长为适应市场经济规律、主业突出、管理科学、精干高效的现代企业。在国资系统留下“南学宝钢、北学海油”的美名。

⑧亚洲金融风暴
亚洲金融危机，指发生于1997年的一次世界性金融风波。1998年，受亚洲金融危机的影响，国际石油价格最低跌到每桶10美元以下。作为一家以海洋石油勘探开发为主体的石油企业，中国海油的效益大幅下降，当年几乎亏损。而这一次石油价格的深度下跌，引发了国际石油公司一系列重组活动，形成了多个超级石油公司。在国内，中国石油、中国石化在这一年完成重组，真正开始企业化运营。与国内外的石油巨头们相比，当时的中国海油还只能算是一家小公司，同样面临着何去何从的命运抉择。

海油人挺起脊梁，挥动双臂
又一次奏响时代的强音：
下定决心，走向国际资本市场！

上市！上市！
精筹谋，详擘画
白天连着夜的黑
融通资金，盘活市场
整合资源，进军海外
在一片坎坷的荒莽之原
一代海油人筚路蓝缕，奋力践出希望之路

1999年深秋
当黎明冲散满天的星斗
曙光即将在东方银瓶乍破
谁曾想，风云突变
美股和国际市场油价陡然跌落
猝不及防，上市触碰资本的暗礁
希望，搁浅在“四季”沙滩[9]

出师未捷，英雄揾泪
一片阴霾拢起微弱的灯光
瑟瑟海风摇曳着海油人的心盏

一道鞭影，龙文鞭影[10]划破前途的迷雾：
改革的路子要往前走
该走的、该做的绝对不能停！[11]
收拾起散落的心情

⑨“四季”沙滩
企业发展的内在需求，外部环境的变化，加上国有企业海外上市的转机出现，使中国海油下定决心走向国际资本市场。1999年9月28日—10月14日，以卫留成董事长为首的CNOOC Ltd.路演团一行11人，赴境外进行上市推介。路演分A、B两组进行，在香港、纽约、伦敦、巴黎、新加坡、东京、多伦多等16个城市进行了上市推介活动。由于国际资本市场发生不利变化，公司于10月14日宣布推迟发行。上市路演团其时正在纽约“四季”酒店。

⑩龙文鞭影
《龙文鞭影》由明人萧良有编撰，后来杨臣诤进行了增补修订。龙文是古代一种千里马称，它只要看见鞭子的影子就会奔跑驰骋。作者的寓意是，看了这本《龙文鞭影》，青少年就有可能成为“千里马”。

⑪改革的路子要往前走，该走的、该做的绝对不能停！
第一次上市失利的消息在公司内外引起不小的震动，公司员工议论纷纷，观点不一。时任公司总经理的卫留成说出了这句话。

苦练内功，协调发展
外塑形象，全球路演
任他风狂雨骤，我们卷土重来

2001年的春天
还是那班人马，还是兵分红蓝
10个国家和地区，32个城市
131场一对一会议，22场推介会

马头斜月逐征程，万里霜风再奋蹄
卓越的自营能力
国家单独立法的海上对外合作经营权
美好可期的发展前景
国际投资人的认知一次次被刷新
国际投资人的信心一次次被提振
中国海油引动世界的目光
中国海油托起国际能源的风标

凯旋！凯旋！
经历了国际资本市场洗礼的中国海油
在纽约，在香港[12]
光风荡漾，惊艳上市
从海一井的道道服，到国际风云的弄潮儿
中国海油扬帆鼓浪
海油工程、中海油服、中海化学、海油发展
紧跟其后，连战连捷
中国海油的战车在国际资本的疆场上
意气风发，纵横驰骋

⑫ 在纽约，在香港
2001年2月27—28日，中国海洋石油有限公司分别在纽约证券交易所及香港联合交易所上市成功。其后，海油工程在2002年2月、中海油服在2002年11月、中海化学在2006年9月、海油发展在2019年6月相继上市。

鹏程海外

梁兴悦

星牵沧海千帆立，浪系天涯一带长
600年前
在这片海，是郑和浩浩汤汤的船队
广开贸易，播撒文明
600年后
在这片海，是旭日东升的中国海油
放眼海外，走向世界
这里，每一朵倔强的浪花
都涌动着海油人志远图新的碧海丹心
这里，每一句风中的呢喃
都诉说着海油人惠民强国的厚意深情

揽一页春秋入怀
中国海油推开国门
勇敢地走出去
热情地走出去
敞开胸怀，拥抱友谊
合作、共赢
深耕海上丝绸之路

马六甲的涛声[1]，你是否还记得

[1] 马六甲的涛声
1994年9月，成功收购阿科公司马六甲区块权益，海外发展迈出实质步伐。这是中国海油投资海外的第一个项目。

是中国海油在这里
拉响了启航海外的汽笛
美丽的尼日尔河三角洲[2]，你是否还能听到
澎湃在这里的中国海油
激起的层层涟漪
米桑静谧的星月夜[3]啊，你是否又能想起
是中国海油踏上"一带一路"
摇动那动人的驼铃
让环境恶劣的沙漠戈壁，旧貌换了新颜

从海外勘探，到国际融资，到境外作业
中国海油鹏程万里，振翅遨游
踏浪千岛之滨[4]，拓荒肯尼亚、赤道几内亚[5]
海油人风雨兼程，跬步千里
每一声步履，都充盈着
理想的丰实

竞购优尼科[6]，风雨如晦
千回百转，踽踽独行，海油人青云不坠
抢滩尼克森[7]，气势如虹
百二秦关，声震北美，海油人意气风发

岁月激荡，海油人的眼里
优尼科便是尼克森最好的前言和注脚
2005年，中国海油以总价185亿美元要约优尼科
竞购将成之际，横遭无理干涉
无奈，海油人抱憾而归
然则，经此一役

❷ 尼日尔河三角洲
2006年1月，中国海油宣布收购尼日利亚第130号海上石油开采许可证（简称"OML130"）所持有的45%的权益。中海油因此挺进了世界著名的尼日利亚油气富集区。

❸ 米桑静谧的星月夜
2010年5月，中国海油联手土耳其国家石油公司，就位于伊拉克境内米桑（Missan）油田群的开发生产业务签订了技术服务合同。

❹ 踏浪千岛之滨
2002年4月，收购西班牙瑞普索公司在印尼的资产，首次在海外担任海上油田作业者。

❺ 拓荒肯尼亚、赤道几内亚
2006年4月，中肯双方签署了关于石油开发的一系列协议，中国海油获得了6个区块的产品分成合同。2006年5月，中国海油与赤道几内亚国家石油公司签署了S区块的联合作业协议，该区块是中国海油在海外担当作业者的第一个深水勘探项目。

❻ 竞购优尼科
2005年6月，中国海油以总价185亿美元向美国优尼科公司发出竞购要约，后因美国国会干涉，撤回要约。此次收购虽未成功，但中国海油的优异表现获得好评，在国际资本市场的知名度大幅提升。

❼ 抢滩尼克森
2012年7月，中国海油宣布收购尼克森公司。2013年2月26日，完成对加拿大尼克森公司的收购，交易总对价约为151亿美元，是当时中国公司完成的最大一笔海外收购。

中国海油走红了世界，其优异表现赚取了诸多国际流量
此番，再次踏上北美的土地，海油人志在必得
掸去一世的苍茫，把握时机，理性出击
2013年2月26日
中国海油以151亿美元成功收购加拿大尼克森
美丽的红丝带联结起东西文化
在国际能源舞台的中央跃动
中国海油第一次真正进入“发达国家市场”
真正完成了迈入跨国公司行列的华丽转身
推开新世界的窗牖，来一次酣畅的深呼吸
满眼的风光旖旎

如山之立，如河之东
从常规到深水，从海洋到陆地
从油砂、页岩气到下游终端
一幅巨大的海外蓝图次第铺展
中国海油敞开“双赢”胸怀
跨过海洋去握手
“一带一路”“中国制造”
亚太、美洲、非洲、中东……
打开世界
天高海阔便是我们奋进的海图
全球化、全产业、全方位
世界一流能源公司的巨轮
迎风破浪，一往无前！

挺进深水

梁兴悦

传说，盘古的最后一滴眼泪
落在了南海
在这片旷不可临、深不可测的蓝海
油气资源极其丰富，70% 蕴藏在深海
世界的目光齐刷刷在这里集聚
中国的“波斯湾”，待垦的处女地
欲掀起那神秘的盖头
一睹那花样的娇容
跨越浅水，挺进深水
已成为中国海油能源接替的必然选项
然而，深水油气田开发迷雾重重
对外合作，借米下锅
便是中国海油走向深水的终南捷径

“碧水何渺渺，白云亦英英”
在珠江口盆地深邃的海底
白云凹陷待字深闺
BP 来了，壳牌来了
马拉松来了，埃尔夫也来了
走了来，来了走，回灯走马

一次次合作勘探，联合研究
一次次折翼南海，望洋兴叹
旧痛添了新伤

十年饮冰，热血难凉
海油人潜心笃志
为地层号脉，向远古求证
首次运用层序地层学，捕捉到大海深处急迫的心音
白云凹陷北坡存在低水位扇沉积标志以及天然气表征

其后，流花19-3-1一钻成功
叩响深水勘探的门环
见证了白云深水区富庶的家藏

十几年苦修，天光乍现
终于，在珠海东南261公里深海与浅海交界处
荔湾3-1深水大气田横空出世
2006年4月，荔湾3-1-1井开钻，井位水深约1480米
这是中国海上第一口水深超千米的探井
发现约1500亿立方米天然气可采储量，全球瞩目
2008年8月，荔湾3-1-2评价井开钻
荔湾再次风华绽露
这是中国海油深水自营勘探获得的第一个高产大气田
标志着我国具备了自主开发深水油气田的核心技术能力
“荔湾模式”
为中国海油建立深水开发体系奠定了基础
继之，流花34-2、番禺34-1/35-1/35-2等气田投产
中国南海，春风万里
深水海油，逐浪前行

之一　深海旗舰奋进号

梁兴悦

危乎高哉！
你从何方而来？
莫非南海神鳌驮来海外仙山
抑或女娲娘娘挽起擎天柱石
深扎瀚海烟波
高参碧落流云

你是谁？
你是海底兀然崛起的峰峦
你是祖国南疆定海的神针
廓然而立，卓尔不群
搏击惊风骇浪
攫住内波急流

噫嘻，"奋进号"
伟乎壮哉！
我国首座自主设计、建造的第六代深水半潜式钻井平台
代表着世界海洋石油钻井平台技术的最高水平
这巍峨的海上移动城堡
长114米，型宽89米，高136米

最大作业水深3000米，最大钻井深度超10000米
上可揽日月，下可探龙宫
宛如戴天履地的钢铁巨人
风高云阔，入海苍茫

点击时光的链接，回溯21世纪初
深水战略，鼓角声声
奏响了我国海洋石油工业和船舶工业的进行曲
提高海洋开发、控制、综合利用能力
拥有属于我们自己的深水装备和技术
牢牢掌握勘探开发南海深海油气资源的主动权
成为中国海油决策层的共识

凡国之大者，必有重器出焉
“奋进号”裹挟时代的风流，应运而生
此前，中国人仅建造过120米工作水深的自升式海上平台
第六代半潜式钻井平台闻有所闻、见所未见
连遨游太空的“嫦娥一号”也咋舌惊羡
走向深水，我们已然迟到，但决不会缺席
中国海油拍板：
自筹资金，自主建造！

南海，堪称世界上海况最恶劣的海域之一
洋台风、土台风、内波流
交相呼应，防不胜防
此前，世界上最先进的几种深水半潜式钻井平台
“常规级”“湾级”“北海级”，各有其用场
唯独没有一款适合南海特殊海况的现成船型

从机遇中寻突破
在挑战中找创新
为南海定制
打造“奋进号”别样的嫁衣

科研、设计、建造，紧紧捆绑
用科研引领设计和建造
走出一条科研与设计、建造齐头并进的新路径
这条路径，为日后中国海油获取多项知识产权打下坚实基础
也为培养深水方面领军人才创造难得机会

2008年4月28日
“奋进号”在上海外高桥造船厂正式开工
经年风雨，灯火阑珊，万人会战
拥有中国海油超深水“南海级”技术体系的深海利器，终于破壳而出
消化了全球近20年的深水钻井技术
整合了全球一流的设计理念和一流的装备
完成了从500米水深到3000米水深的跨越
实现了我国深水油气资源探勘开发
从无到有、从有到精的蜕变
填补了我国在深水钻井特大型装备领域的技术空白

2012年5月9日，“奋进号”
打下我国首次独立深水油气勘探第一钻
钻井水深创下新纪录
石油大动脉奔涌成大海的诗行
2014年8月18日
当“奋进号”的钻头打进海下3000米的地层

气龙挣脱亿万斯年的拘锁，咆哮奔走
巨大的橘黄色火焰
照亮了夜幕下的南中国海

云山出没，天地浮沉
潮海盈缩，万里无垠
我们仰望你，你向上是塔，云剑佩腰
我们俯瞰你，你向下为钻，碧海扬波
你如山的伟岸和旷远的声威
镇定祖国的蓝海
捍卫能源的安全

独放一枝不是春
百花争艳始芳菲
以钻井平台“奋进号”为旗舰
中国海油挥动如椽巨笔，全方位布局
到2011年成功建成：
3000米深水铺管船“海洋石油201”
3000米12缆深水物探船“海洋石油720”
3000米“海洋石油708”深水工程勘察船
3000米“海洋石油681、682”大马力三用工作船
中国海油“五型六船”的“深海舰队”蔚为大观
“中国智造”“中国名片”
闪亮世界石油的版图
中国海油　迈向
更深的蓝

优快奇迹

梁兴悦

万里海疆，洪波涌起
中国海油勘探大发现
秦皇岛、蓬莱、渤中、旅大、曹妃甸……
珠江口、北部湾、莺歌海、琼东南……
油花盛开，星光璀璨
海油人壮志凌云
能源强国的梦想就在眼前

然而，现实声声敲打着海油人的心
提高产效能，何所从来？
听闻，优尼科公司在泰国湾[1]进行快速钻井
一口3000多米的井只需六七天
1994年8月，中国海油派员实地考察
那一方东南亚的碧湾
唤起海油人不灭的热望

新观念，海油人醍醐灌顶
新管理，海油人耳目一新
新技术，海油人如饥似渴
学习、消化、吸收

[1] 泰国湾

就在渤海钻井技术人员为实现年产1000万吨苦寻提高钻井速度突破口的时候，获悉美国优尼科公司在泰国湾进行快速钻井，在地质条件、钻井深度与辽东湾大致相同的情况下，钻成一口3000多米的井仅需6~7天时间，比中国海域通常的钻井速度要快几倍。为此，1994年8月，总公司派出杨向福、王家祥、姜伟、李勇、曹式敬、彭修道、李自力、崔启才等钻井专业人员一行8人去泰国湾实地考察，在思维模式、管理意识和技术观念的认知方面带来很大改变。泰国湾之行成为后来享誉国际的中国海油“优快钻井”的滥觞。

发展、创新、突破

1995年8月
在美丽而丰饶的中国渤海湾
优快钻井试验率先在岐口18-1打响
继之以绥中36-1J、岐口17-3
白浪拍打着拖轮，钻头在巍峨的平台上飞进
熊熊燃烧的火炬
擎起海油人不懈追索的理想

不变的是那些人、那些设备、那些技术
变的是思维的方式、管理的模式、技术的路线
3口生产井，从原先平均57天建井周期缩短至18.82天
钻井试验项目平均日进尺263米
创造“一只钻头，一次起下钻，钻完一个井眼段”的新纪录
渤海沸腾了，中国海油沸腾了
这是中国“优快钻井”的处子秀
这更是中国石油工业美好明天的预演和写照
自信和自豪充斥胸膺
奋进的步伐哪堪阻挡？

三个“试验田”[2]，四大转变[3]，孕育了十大新技术[4]
优质、高效、低成本
从粗放到集约
从会战到团队作战
从行政管理到项目管理
从单向技术突进到优化技术创新组合
中国海油捷报频传，掀起了一场钻井史上的革命！

❷ 三个“试验田”

渤海快速钻井试验项目首先于1995年8月23日在岐口18-1油田打响。取得成功后，又分别于1996年9月在绥中36-1J油田、1996年12月在岐口17-3油田继续试验。三个油田的试验，一次次大幅度刷新中国海油生产井钻井的单项纪录。

❸ 四大转变

从粗放型到集约型的深刻转变；从会战型到团队型的深刻转变；从行政管理到项目管理的深刻转变；从单向技术突进到优化技术创新组合的深刻转变。

❹ 十大新技术

通过三个“试验田”快速钻井的试验，逐渐形成了渤海快速钻井的十大关键的配套技术：

（1）顶部驱动技术；（2）上部地层在底层稳定性许可情况下采用海水钻进技术；（3）专用PDC钻头设计技术；（4）PDC钻头+井下导向马达+MWD全井段钻井技术；（5）满足快速钻井要求保护油层及生态环境的水基泥浆技术；（6）综合测井技术及不占用钻机作业时间进行固井质量检测技术；（7）钻井、固井交叉作业法和无候凝时间固井技术；（8）表层同段同尺寸井眼集中钻进的钻井工艺技术；（9）泥浆固相含量高效控制技术；（10）以“质量”和“环保”为约束条件，以“建井周期”和“安全一票否决”为考核指标的激励机制。

从常规油田、边际油田到合作油田
从优快钻井到优快完井
从特殊技术到日常应用
从渤海到四海
一道道美丽的风景线迤逦铺开
“优快精神”[5]之花开遍祖国的海疆

它是炬火，点燃时代的梦想
它是灯塔，照亮海油的航程
它是斧鑿，一个个海油先锋鳞次栉比、巍然屹立
它更是典范，深刻影响着祖国的各行各业
中国海油张扬起“优快精神”的风帆
迎着东方喷薄的太阳，前进！

⑤ “优快精神”

在优快钻完井实施10周年纪念座谈会上，优快钻井的精神得到全面的总结和提升。优快钻井精神首先是理念的创新、思维上的创新，关键是管理上的创新、技术上的创新。以“钻井压裂，适度出砂，简易完井”为核心的提高油田采收率技术，是优快钻井精神的继承和发扬。“低成本、高效益”的追求使优快钻井精神成为中国海油核心竞争力的重要组成部分。只有协同作战，协调发展，和谐发展，才能低成本、高效益，创造更好的业绩。

海上大庆

梁兴悦

1996年9月6日
中国海油原油年产量首次突破1000万吨
螺号声声，大海开仓
油花泛着清香，万斛千盅
这醉人的美景啊，醇酽似酒
这丰收的光景啊，热烈如火
闪耀着海油人奋斗的底色
激扬起海油人创业的遐思

在北纬40度的祖国北方
辽东湾，绥中36-1
中国海油自营勘探开发的第一个海上现代化油田
满怀海的深情，捧出无尽的宝藏
奈何油太稠，又处于冰区
富却不流油，美也难冒泡
外国人称之“21世纪面临的最大的挑战”
退避三舍，敬而远之
“金娃娃”成了“愁娃娃”

在执拗的海油人面前

大海也不悭吝于她的慷慨
1993年，中国海油自力更生
勇锐地开辟稠油试验区
打响了大规模开发海上稠油第一枪
小平台结合单点系泊、浮式生产储卸油装置
5万吨级“渤海明珠号”FPSO虎踞龙盘、殷勤顾盼
独特的稠油处理脱水工艺，全海式总体工程
注水强采，聚合物驱油
创造了海上稠油整体实施三次采油的世界先例
自此，这蛰伏北海的蛟龙引动了地火
风雷涌动，瑞气新发
那“稠油只能低产”的故知往见
被中国海油人执锐击破
沉落在中国的“马拉开波湖”
“渤海油泉”，汩汩不绝
外国同行闻讯，纷至沓来
渤海重又弹拨起对外合作的重奏曲
余音回响

花开四季，并蒂连枝
在祖国广袤无垠的大海上
南海西部吹响解放低品位油气藏的冲锋号
南海东部跻身全国第四大产油区
东海有效探索技术创新，闯出新天地
渤海优快钻井高歌猛进，推动降本增效
就在绥中36-1试验区、涠洲11-4等自营油田多上快进之时
“合作双赢”的如诗画卷，也饱蘸了丹青
泼洒成一幅幅壮美写意

惠州26-1、陆丰13-1、西江24-3、惠州32-2
西江30-2、流花11-1和崖城13-1等油气田
蓝色的原野花团锦簇
一拨拨连续投产
掀起了追风逐日的怒涛狂澜

从南到北，自东向西
“开发蓝色国土，建设海洋石油”
中国海上原油产量逐年翻番
1000万吨的胜利交响
响遏行云，海风飒飒

丰收了
曾经千里单骑阅尽千山万水
曾经一叶扁舟蹈海难酬
寻梦、筑梦、追梦、圆梦
中国海油百炼成钢
化雨为虹、化茧成蝶
中国海油盛世放歌

丰收了
从对外合作到自主创新
从勘探开发到油气生产
从渤海到东海到南海
峥嵘岁月，中国海油尽显风流
合作，自营，引领海油一次次成功破题
让蓝图铺展成现实
庄严宣告：奋斗者的无上荣光！

1000万吨胜利的战歌，余音未了
丰收的喜悦犹挂脸庞
“渤海之光”[1]，又一个时代之问
扣动着海油人不屈的灵魂

渤海油田究竟能不能独立上产千万吨?
一场大讨论旋风般刮遍渤海
一个个论据在这里碰撞，电光火石
一个个方案在这里交锋，铁马金戈
解放思想，科学求证
“一切为了一千万吨”，火红的标语，在风中
在海油人的目中、心中，呼啦啦
呼啦啦地飘扬

“渤海之光”点燃四海的冀望
1997年，中国海油发出了“三个1000万吨”[2]的铮铮誓言:
渤海原油上产1000万吨
南海东部稳产1000万吨
天然气生产油气当量折合1000万吨
中国海油中期战略目标的壮丽美景，如诗般动人

“上产3000万”，祖国需要满意的答卷
青春在这里激荡
热血在这里奔腾
舳舻千里，四海联动
云蒸霞蔚、征衣不解
听，一声声钻机的高唱，那是海油人劳动的号子动人心弦
看，一颗颗滚烫的汗珠，把那奋斗的容颜涂写成醉人的纵横

❶ “渤海之光”
在1996年实现上产1000万吨后，海上老油田的原油产量逐步递减，中国海油迫切需要开辟新的原油生产基地。1997年初，时任中国海油总经理王彦在参观渤海公司新办公楼里的“海洋之光”巨幅浮雕时，提出了一个耐人寻味的问题：“渤海之光”在哪里?

王彦给在场的渤海公司领导做出了一个推论：渤海有效勘探面积与环渤海几个陆地油田面积的总和相当，地质情况类似，而环渤海湾陆上油田年产量已达到了6000万吨，渤海油田只有200万吨。打个折，我们3000万吨行不行?再退一步，1000万吨能不能拿下来?王彦希望2005年渤海原油上产千万吨，并把渤海建成中国海油的主要原油生产基地，这就是他想要看到的“渤海之光”。

❷ “三个1000万吨”
“三个1000万吨”，包括：渤海原油上产1000万吨；南海东部稳产1000万吨；天然气产量达到100亿立方米以上、油气当量折合1000万吨。

头顶那朵红艳艳的“CNOOC”[3]啊，如火跃动
那是海油人的信仰永放光芒

高山再高，也要匍匐于攀登者的攀登
长路再长，也敌不过跋涉者蹚出一路风光
甫入新千年的门槛，中国海油
提前一年实现“三个1000万吨”的目标
提携着这份沉甸甸的成人礼，中国海油
迈上了高速增长的康庄道
高唱新世纪的赞歌
向着世界500强进军！

2004年2月11日
一声春雷，惊醒了北京绵长的冬
上产5000万吨，“建设海上大庆”[4]
中国海油站在时代的船艏
乘着“我为祖国献石油”那激越的歌声
吹响了“能源报国”的冲锋号

看吧，大纛一举风雷动
从南到北，从北到南，从四海到海外
旌旗蔽日，鼓角相闻
储量关、开发关[5]、生产关
集思广益，众志成城，各个击破
立体勘探[6]、集束勘探、二次优快、系统优快
一项项技术创新紧锣密鼓
无人平台[7]、“三一模式”[8]、区域开发[9]、蜜蜂式开采[10]……
一条条“金点子”层出不穷

③ “CNOOC”

中国海油的企业标志以“CNOOC”为基本设计元素设计而成，蓝色外圈和波纹象征着海洋，CNOOC组成的红色图案有海上钻井平台托举着一轮朝阳的意象，寓意着中国海洋石油事业欣欣向荣。标志传达了海油人艰苦创业、战风斗浪、越是艰险越向前的顽强斗志；善于将风浪转化为前进动力的智慧；由海上到陆地、从国内到国际，从未停止追求卓越的信心；开放包容、协作双赢、共创未来的心态。

④ “建设海上大庆”

2004年2月11日，中国海洋石油总公司工作会议上，中国海油第五任总经理傅成玉提出：“油公司到2008年要实现国内产量4000万吨油当量，并在此基础上保持较长时间稳产，争取到2010年国内实现5000万至5500万吨油当量，海外实现权益油2000万吨油当量。”

⑤ 开发关

围绕实现5000万吨目标，具体到油田开发建设，主要有三个方面的工作要做：一是加快新油气田开发建设速度；二是动用边际储量；三是减少老油气田产量递减。

⑥ 立体勘探

从勘探思路上，进一步深化2002年从旅大油田群发现中总结出的一套经验——“立体”勘探思路，即以寻找成规模、优质的油气田为指导思想，将勘探领域从凸起稳定区转向活动断裂带；应用活动断裂带油气差异富集理论，加强区域研究、整体解剖、开展多层系“立体”勘探。

⑦ 无人平台

建造简易平台，降低开发成本。2003年以后，中国海油开展了简易平台结构形式、机电仪相关技术的研究，使简易无人值守平台在边际油田开发中得到进一步推广应用。中国海油研究总院解决了安装调平、稳性和能否再拔起等问题，使筒形基础井口平台在曹妃甸，18-1油田得到应用；在旅大27-2/旅大32-2油田开发中，设计采用了带储油/外输功能的新型固定平台方案，为边际油田的开发提供了一种新思路、新技术。

中国海油挟世界500强的威烈
一场场“百团大战”[11]在这里轮番上阵

看，渤海湾内
白天塔吊起落，夜晚灯火通明
24座老油田开足马力，16座新油田只争朝夕
700公里管线、200公里电缆紧张铺设
13条钻机日夜轰鸣，80艘船舶往来穿梭
8架直升机长空翱翔，3万多名员工风雨兼程
这是一幅怎样壮丽的工业画卷啊！
热潮翻滚，万箭齐发
举袂如云，挥汗成雨
誓与时间赛跑
敢同日月争辉

还记得那场冰灾[12]吗？
就在5000万吨进入最后冲刺的2009、2010年之交
似乎是上苍跟海油人开了个玩笑
抑或是大海在考验海油人的智慧与勇毅
40年以来最严重的冰情铺天盖地弥漫开来
在辽东湾最北端的锦州9-3油田
冰魔吞噬着白天和黑夜，摧枯拉朽
那一波波巨大的流冰，疯狂地撞击着平台
那一声声暴虐的嘶吼，轰隆隆令海天战栗
在这白色与苍茫之间
生死存亡悬乎一线
渤海告急！
油田告急！

⑧“三一模式”

2003年，“三一模式”首次应用于锦州20-2凝析气田北高点的开发工程当中。三一模式，即以原有生产平台为依托，建设一座简易平台，铺设与原有生产平台相连接的一条海底管道和一条海底电缆，达到了通过简化海上装置大幅降低成本的目的。

⑨区域开发

区域联片开发，共享生产设施及建设服务资源，让原本分散的独立生产作业单元变成一个有机整体。用这种方式，中国海油在南海成功地建成了惠州油田群、西江油田群和涠西南油田群；在渤海建成了渤西油田群等。2004年以后，中国海油加大了滚动勘探开发的力度，有限公司所属的四个分公司“在油田里面找油田，油田上下找油田，油田旁边找油田”，成效十分显著，为滚动开发提供了资源基础。

⑩蜜蜂式开采

2010年，天津分公司首次应用一艘插销式液压升降可移动采油平台开发渤中3-2油田，为“蜜蜂式”开发边际油田探索了一条新路。

⑪“百团大战”

渤海油田石油大会战发生在2007年。许多年后，人们将这场战天斗海的石油大会战形容为“百团大战”，因为它的合作精神与战斗精神同民族解放战争时期那场百团大战何其相似，即便在世界海洋石油开发史上也前所未见。它的精神、信念、融合、攻坚比当年那片黑土地上激情万丈的大庆石油会战毫不逊色，甚至更加科学、严谨、求真……

⑫冰灾

2009年12月6日，辽东湾北岸开始出现海冰，仅仅十几天，就迅速蔓延到2.5万平方公里的广阔海域，不仅是最靠北的辽东湾，连辽中、曹妃甸、渤西南等多处水域都是浮冰四起，白茫茫一片。这是渤海湾遭遇到的自1969年以来最严重的冰灾。

在这除夕之夜
在这危难关头
海油人还是义无反顾地选择了战斗
勇敢而坚忍地与冰魔
战斗、战斗……

2010年12月20日
中国海油建成“海上大庆”的喜讯
在冬日的晨光中升腾起来，铺散开来
越过高山，越过平原
跨过长江长城、黄山黄河
吹到白山黑水
吹到大漠戈壁
吹到旖旎南国
吹遍万里海疆
在祖国的上空回响、回荡
啊，半世纪风雨
八万里路山河
一朝梦圆

一朝梦圆
这是海油的速度
海油的智慧
海油的荣耀
一朝梦圆
这是把多少个日夜　摁进一个黎明去奔跑
这是把多少个苦痛　攒作铁打的拳头去奔跑
这是把多少个思念　雕刻成为爱的模样去奔跑

一朝梦圆
从9万到1000万
从1000万到3000万
再从3000万到5000万
中国海油实现产能三级跳
短短几十年，走完了西方发达国家的百年历程
在世界海洋石油工业史上
书写出浓墨重彩的一笔

啊，中国海油
你是希望之海
你是梦幻之海
你是信仰之海
你是奋斗之海
这是世纪华彩的乐章
这是生命顶礼的图腾
这是燧石点亮的理想
这是民族工业不朽的丰碑

啊，中国海油
岁月峥嵘过，行者行无疆
从传统国有企业到现代企业
从上游到下游
从浅水到深水
从国内到国际
一轮轮发展，一次次跨越
我们脚步匆匆，意绪绵绵
我们铁血丹心，向海图强

这是海油的派对
这是祖国的荣光
鸟在高飞，花在盛开
鸟在高飞，花在盛开
中国海油
踏上新的征程！

2010年12月，中国海油国内年油气产量超过5000万吨，海上员工欢呼庆祝。

之一　壮美流花

梁兴悦

南海，广袤的珠江口盆地
亘古流波，沉沦着万古的地下宫殿
浓稠的夜，浓稠的睡意
落下古老的帷幔，岁月悠悠
流花，曼妙的名字
如少女般，在大海的深处
静候那亿万年后的呼唤
苏醒，轻吟起海洋最动情的歌谣

流花11-1[1]，中国最大的生物礁滩油田
深海下的踟蹰，企望人世的勾连
就是这片美丽而神奇的蓝海
沉藏着丰厚的黑金宝藏
高密度、低蜡、低硫、低凝点、低饱和烃
海面上，风暴潮排山倒海
海面下，内波流奔腾交错
恶劣的油田环境让人望而却步
油藏开发的世界级难题横亘如山

中外专家眼中的“金娃娃”啊
你那样可人，那样令人心生欢喜
如何才能教大海捧出你

[1] **流花11-1**
阿莫科于1987年1月在南海珠江口盆地发现流花11-1油田，探明地质储量超过2亿吨，被中外专家称为“金娃娃”。这是中国海油对外合作在南海珠江口盆地发现的最大海上油田，也是中国最大的生物礁滩油田。

在尘世间放任你那第一声清脆的啼哭？

一轮又一轮艰难的评价
乾坤圈击退了迷雾终见曙光
一项接一项突破永不言弃
混天绫牵锁游龙钻云入海
“挑战”南海，获取“胜利”[2]
1993年3月29日，流花油田正式投产
深水油田开采技术七个世界第一[3] 如礼花般绽放
光明的流火从古远的地宫浮出海洋

2006年5月13日，百年不遇
超级台风“珍珠”从太平洋呼啸而来，席卷南中国海
流花11-1遭遇正面袭击
深水设施严重损坏
巨无霸“南海胜利”号FPSO深受重创
10根系泊钢缆，7根拦腰截断
浮筒击穿船体，油舱从底贯通
FPSO旋转移位，在千米之外随波漂荡

抵近油田的北面
那是繁忙的珠江口船来船往
那是繁荣的香港深圳近在咫尺
15万吨的巨轮装载着近4万吨原油
残余的三根钢缆吃力地牵挂住海底的忧思
一旦台风再次来袭
粗如大树的钢缆便如愤怒的巨蟒
挣脱羁绊，必将掀起滔天的狂澜

十万火急！十万火急！

❷“挑战”“胜利”

2006年5月13日，被誉为“海上奇迹”的流花油田遭受了台风“珍珠”的重创。这个位于香港东南方向的深水油田，由中方担任作业者，包括一艘半潜式钻井船“南海挑战号”和一艘14万吨的油轮“南海胜利号”，两艘船系泊相距3公里。

❸ 七个世界第一

流花油田的开发创造了七个世界第一：第一次在世界上使用水下卧式采油树；第一次全部采用水平井开发油田；第一次在水下井口系统中应用电潜泵技术采油；第一次商业性应用湿式电接头技术；第一个无潜水员潜水作业、其水下作业全部由“水下机器人（ROV）”承担的油田；第一次应用水下跨接管连接技术；第一次采用既独立又集中的多功能液压控制在FPSO上遥控水下井口生产系统。

面对这国际海洋工程史上前所未有的救援和修复难题
国外公司腾挪起凌波微步
左支右绌，却又漫天要价
十万火急！十万火急！
海油人愤然亮剑
呐喊出拍案的惊奇：
“我们自己干！”[4]

技术方案一次次被评估
钢缆崩弹的角度一次次被计算、被确认
勇敢的“海底驯龙师”置生死于度外
怀猛志而舞干戚[5]，纵身入海
毅然决然
切开挽缚巨龙的绞索……

信念在驱使
责任有担当
36小时完成8锚系打捞连接
2个月完成FPSO大修
七大技术[6]相继诞生
世界级难题的魔兽又一次在海油人面前俯首称臣

中国海油
长抱移山之志，长怀蹈海之心
一个个奇迹在这里不再是奇迹
我们有的，只是
责任与担当、光荣与梦想
当中国海油宣布流花11-1提前一年成功复产[7]
东方铁军又一次被世界
圈粉、点赞

❹“我们自己干！”

对于“南海胜利号”的修复，世界上最先进的海上作业公司也难接手。外国海洋工程公司报出了天价费用，并要求施工前付清95%的修复费用，且修复不成功不承担任何责任。时任中国海油总经理傅成玉在听说外国公司推诿之后，表现出海油人特有的恢宏气势，只简单说了一句：“发扬自主创新精神，我们自己干！”

❺ 怀猛志而舞干戚

这句话出自《山海经·海外西经》：“刑天舞干戚，猛志固常在。”负责执行切割钢缆任务的是海油工程的两名焊工，他们手里拿着盾牌和切割机，就仿佛是刑天一手持盾，一手持着斧钺。刑天，象征着一种拼搏、勇敢、永不妥协的精神。

❻ 七大技术

在FPSO大修的同时，联合作业团队开展了FPSO锚腿和软管临时修复工作。这是世界级的难题：一是设施损坏发生在300米深水海域；二是南海海况恶劣，作业气候窗口非常有限；三是国内外无修复直径达13.5英寸软管的经验，原软管生产厂家Technip使用特殊的设备和船舶资源，仅有打捞修复过4英寸软管的经验；四是锚腿与软管的破损情况错综复杂，难以准确评估，风险巨大。要临时复产，必须攻克七大技术难题，即深水作业工程船的研究和改造、大型施工绞车的研发、深水锚腿打捞和修复、设备状况的保障、FPSO回接、软管打捞技术、软管接头修复技术。

❼ 流花 11-1 提前一年成功复产

流花11-1油田重要设施的成功修复，使中国海油初步具备了一套应用于深水海洋工程的维修技术，整体提高了中国海油深水维修技术和对深水工程技术难点及关键点的认知水平。2007年8月29日，中国海油同时在香港和北京召开新闻发布会，宣布：经过2个月的试生产，流花11-1油田提前一年成功复产。

奋进篇

概　述

党的十八大以来，以习近平同志为核心的党中央统筹推进“五位一体”总体布局、协调推进“四个全面”战略布局，党和国家事业取得历史性成就、发生历史性变革。10年来，在以习近平同志为核心的党中央坚强领导下，中国海油立足“两个大局”，胸怀“国之大者”，勇担保障国家能源安全重任，勇当建设海洋强国排头兵，矢志建设中国特色世界一流能源公司，踔厉奋发、笃行不怠，扎实推动海洋石油事业高质量发展，取得了不凡的业绩，在新时代新征程上留下光荣的奋斗足迹，书写了辉煌壮丽的新篇章。特别是2022年4月10日，习近平总书记在海南考察时视频连线“深海一号”生产平台，看望慰问干部员工并作出重要指示，为中国海油改革发展提供了根本遵循，注入了强大动力。本篇将集中展现中国海油在2012—2022十年间的重要成就，激励广大干部员工深刻领悟“两个确立”的决定性意义，坚定“四个自信”，做到“两个维护”，凝聚奋进新征程的强大精神动力，在党的二十大精神指引下，全力建设“四个中心”、争当建设海洋强国排头兵，为全面建设社会主义现代化国家做出新的更大贡献。

国之大者

陈柏君　高　歌　单荣国　赵皇銮

国者，天下之大器也，重任也
自当：为人民谋幸福，为民族谋复兴
国之大者，大政大纲大格局
中国共产党历史性成就彪炳史册
星汉徐移，日月经天
国之大者，大党大国大擘画
中国共产党世界性贡献启迪深远
极目寰宇，统观万象
国之大者，大势大事大视野
唯中华神州大地，这边风景独好！

"国之大者"，事关国本、事关长远
中国共产党是领导我们事业的核心力量
十八大以来，在历史和全局的战略高度
统筹推进"五位一体"总体布局
协调推进"四个全面"战略布局
一路披荆斩棘，一路凯歌前行
凝聚人民力量，升腾无限希望
迎来中国共产党成立100周年
中国特色社会主义进入新时代

实现第一个百年奋斗目标
锦绣山河为名，非凡十年为证
坚持党的领导，是中国人民和中华民族
扭转近代以后的历史命运，取得如此成就最根本的保证

10年来，中国海油紧密结合国情、企情特点
深度思考，精心统筹，将“一幅蓝图绘到底”
着力回答好时代之问、人民之问、实践之问
在完善公司治理中大力加强党的领导、全面加强党建
不懈探索建立中国特色现代企业制度、现代管理模式
把握国家跨越式发展的历史机遇
谋划确立“1534”总体发展思路
咬定增储上产“七年行动计划”
实施“三大工程”和“一个行动”为抓手
十年砥砺奋进，稳健的步伐，刻录下从容与笃定
在油气增储上产、关键核心技术攻关、绿色能源转型上再攀高峰

这十年，海油人在增储上产中开拓前进
“乾坤日月当依旧，昨夜今朝却异同”
一个个科技高峰被逾越
一块块含油构造被重新认识
一切都在由浅入深推进
一个个千亿万方大气田整装面世

风云激荡，英雄辈出
海油人一茬接一茬干
咬紧牙关，真抓实干踏出坦途
笃实践屡，踏实走出行者无疆

让梦想照亮大海深处的油气藏
从陆地油田奔赴海油探秘亿年地层
研读典型的“油型盆地”
让天然气富庶于渤海湾
在“大油坊”上画几缕轻烟
让这个世界级难题重回梦里
温暖勘探冷区的低迷
突破了一个个久攻不克的勘探禁区
在渤南陆续探明了10多个大中型油田
揭开潜山的面纱
再次触碰“潜在钻井风险”
和“高昂钻探成本”的压力

“长风破浪会有时，直挂云帆济沧海”
探索与发现，回到梦开始的地方
渤中19-6千亿方大气田向祖国报到
东海西湖凹陷区域显现真身
流花21-2油气田顺利投产
凌水17-2超深水大气田揭开深海奥秘
一个个奇迹的诞生，梦绕在渤海和南海的上空
一个个认知思维与发现的融合
让思想的光芒划破海空

再回首，明月依旧，涛声依旧
从陆地走向海洋
从浅海走向深海
从深海走向极深海
从9万到1000万

从1000万到3000万
再从3000万到5000万
中国海油实现产能三级跳
短短几十年，荡气回肠
走完西方发达国家百年历程
书一笔丹青，惊艳世界海洋石油工业史
2015年，油气供应能力突破1亿吨油当量大关
我国新增原油产量中来自海上的比重持续增长
2020年，这一比例历史性地达到80%
这一年、这个数，是一份标志：
陆海统筹、海陆并重，基本形成
我国石油工业的发展格局
2019、2020年，56%、83%，这份厚重的数据是
公司国内原油增产量占国内原油增产量的比例
“国内原油增产靠海上、海上原油增产靠海油”
一份实至名归的行业共识

这一串串扎实耀眼的数字
昭示着增储上产的屡创新功
高唱着由千千万万海油人
谱写出的气贯长虹劳动者之歌
海油人拿出干在前、作表率、争一流的精气神
全体海油人将深入贯彻落实习近平总书记建设海洋强国
加快深海油气资源勘探开发重要指示精神
以更大决心、更大力度推动海洋石油事业再上新台阶

这十年，海油人在科技创新中勇争一流
科技创新，共识的第一生产力

也是企业长久发展的制胜法宝
中国海油重点攻关海洋油气开发重大瓶颈
多措并举，多能互补，成效显著
打造一体化、多元化、全球化的现代能源产业链
构建了完整的海洋石油工业体系
全球第二大液化天然气贸易商
国内第一大煤层气生产企业……
荣誉不止于此，未来更值得期待
旋转导向与随钻测井技术
海上浮托安装技术
超大型LNG储罐技术……
一系列核心的技术体系
把“能源饭碗”牢牢端在手中
以“奋进号”为旗舰的“深水舰队”
从勘探到开发、从深水到超深水、从南海到极地
具备了全方位作业能力
“深海一号”大气田的3项世界级创新、13项国内首创技术
见证和标志了一场历史性跨越
我国海洋石油工业实现了向1500米超深！
我国深海油气资源开发能力跃居世界前列！

科技创新并非一马平川、朝夕之间即得
激情创业，却是海油人天生的创新基因
一代代海油人，求真学问、练真本领
以锲而不舍的钻劲，洞若观火的眼劲
从一线发轫到全面深入
准确识变、科学应变、主动求变
从跟跑，到并跑，再到历史性领跑

誓要牵住科技创新的“牛鼻子”
总结谋新、超越革新、赋能迎新
推动了一系列历史性成就、历史性变革
更开创了海洋石油事业全面发展的新境界

中国海油，以大胆创新创造的奋进之姿
肩负起推动国家发展进步的历史责任
在学习先进中推进自我变革
在变革创新中实现升华超越
攻克了一项项“卡脖子”技术
涌现出一批又一批的创新干将
开创出一段又一段的不凡业绩
书写出一篇又一篇的辉煌雄章
追风赶月莫停留，平芜尽处是春山
我们的步伐愈加坚定
我们的前途愈发光明
唯创新者进，唯创新者强，唯创新者胜

这十年，海油人在绿色发展中创造业绩
“2030年前实现碳达峰、2060年前实现碳中和”
一份“中国之声”激荡全球
名为“大国担当”彰显力量
历史再次推动一场能源革命
“绿色低碳转型”明确方向
海油人有令必行，识变求变应变
点亮绿色低碳转型的奋进“底色”

绿色正当时，看

勃勃绿意，岸电入海

神安管道，“气龙”贯山河

风车浮深海，绿电上岸来

“绿能港”搭起绿色低碳能源桥
出重拳、使实劲、啃硬骨
看蓝色国土上建设绿色油田
优化能源结构、布局低碳业务
看清洁天然气会通海陆能源大动脉
海上风电、光伏、氢能产业
碳捕获、利用与封存产业
看多样化新能源扬帆正起航
一份走在前列的绿色低碳“海油答卷”正跃见中国海

零碳愿景，赋能未来
拳眼向内，允诺大海：
着眼低碳管理，着手绿色制造
海上油气低碳生产，打造“绿色油田”
天然气生产利用，提供“绿色产品”
新能源行业发展，升级“绿色产业”
绿色未来谋新局，碧水蓝天新画卷
未来已来，愿景将近
打造一个绿色产业
探索一套商业和管理模式
创新一组核心技术体系
培育一支清洁能源产业队伍
做绿色诺言的践行者
做人与自然生命共同体贡献者

日月乾坤开新元，中国海油启新篇
赤子之心家国情，载一抱素信念定
观能源发展大势，扛战略使命在肩

挑重大责任担当，记战略使命于心
随国家发展大局，布战略远景谋远
研宏观经济部署，齐战略目标对标
判行业发展态势，融战略愿景入局
丹心向党勇担当，至诚报国铸伟业
凝心聚力再出发，砥砺奋进新征程

增储上产

之一　渤海战歌

吴　鹏

中国第一
石油人毕生追求的奋斗坐标
隐匿于中国海油人心中的深深渴望
半世纪的蛰伏蓄势
新的传奇已在蓝海之上酝酿
辛丑年冬
一颗“东方明珠”在渤海湾冉冉升起
渤海油田成功建成我国第一大原油生产基地
原油增量接近全国一半
从这天起，祖国的蓝色国土
一跃成为中国能源版图的领跑者

冲天一飞震九州
少年眼中倾泻的光华
倒映在金色的波光里
如初乳般哺育着这片石油沃土
做增储上产的主力军

做技术创新的先锋队
做绿色发展的排头兵
短短10年间
为保障国家能源安全
渤海油田团结奋斗，破浪前行
尽显应有之义
勇挑应担之责
建成我国海洋原油产量的压舱石
推动中国近海勘探开发技术达到世界一流
挺起祖国石油工业的海上脊梁

千米地下，黑金涌动
中国版的马拉开波湖
地质学家眼里又爱又恨的“碎盘子”
富饶而疑云重重的渤海湾盆地
埋下所有勘探人的梦想
那年冬天，我国北方遭遇史上最严重“气荒”
焦急写在渤西探区每个人的脸上
初探潜山
地下条件异常复杂
探井陷入进退维谷
面对每前进一米4万元的作业费用
每个人都在权衡得失
决策前夕
李慧勇横下一条心，把即将临盆的爱人丢在医院
许鹏坚定地汇报：“再给我半天、就半天！”
坚毅果敢的目光，注满日积月累的钻研
熊熊燃烧的烈火，映红海油儿女的心愿

那天清晨
伴随产房传来的嘹亮啼哭
我国东部第一座大型整装凝析气田渤中19-6气田呱呱坠地
千亿方的产量
可供百万国民使用整整100年
渤海湾盆地从此迈入“油气并举”的新时代
山川、沟壑、丘陵、盆地
隐匿在大海深处的油藏
让科研人的灯火彻夜不息
坚硬的钻头穿透幽暗的地宫
带来一个个激荡人心的发现
渤中19-6、垦利6-1、垦利10-2、蓬莱9-1、渤中13-2……
7个亿吨级油气田以近乎每年一个的速度浮出水面
犹如浩瀚夜空中光彩夺目的七星
为渤海油田油气增储点亮希望，照亮未来
“湖盆成气”理论携手“汇聚脊”成藏理论
引领中国海洋油气勘探开发理论认识与技术迈上新台阶

稳产3000万吨10年
“二次优快”将渤海平均钻井周期压至10天以内
从岐口到垦利
“新优快”让渤海钻井捷报再次四海传扬
夏斗炙烤，冬战海冰
我是党员我先上
压力复杂，井下异常
哪里有困难，哪里就要写下我的名字
在三大技术体系与四项创新机制的支撑下
中国海油5000～5500米井深最短钻井周期纪录

被渤海油田一次次打破
沉睡地下亿万年的油气长龙
被渤海石油人一条条驯服
突飞猛进的钻完井速度
为渤海“低、边、稠”油田开发打开新天地
创新研发的关键核心技术
推动我国近海多项钻完井技术达到国际领先

地质丰沃的渤海湾
宛如一个揽风汇水的聚宝盆
吸引着研究人员的目光
6亿吨稠油，占渤海总探明地质储量的14.5%
唤醒这片处女地
无异于再探明一批大发现，再投产一批新油田
在我国海上首个稠油热采规模化开发示范平台旅大21-2油田
研究人员以“热采”为突破口
研发形成具有中国海油特色的非常规稠油经济高效开发技术体系
在全球首个海上大规模特超稠油热采开发油田旅大5-2北油田
一整套海上超稠油油田开发技术体系再次成型
从旅大21-2到旅大5-2北
渤海油田海上稠油、超稠油实现规模热采、安全热采、有效热采
中国海上稠油热采技术完成从无到有、从小到大、从理论到实践
身披十几斤重的隔热铠甲
直面300多度的注热温度
哪怕近200公斤的注热压力已超过生产人员的心理极限
真正的海油勇士却并不畏难
当银盔银甲穿梭在冰火如炬的采油平台
像黑泥一样难以流动的稠油终于动起来了

谁说血肉之躯不能拔山举鼎
世间哪有劳动者攀不上的危崖险峰
特超稠油还有一个美丽的名字：地下黑琥珀
比黑琥珀更加动人的
是渤海石油人黑色眼眸中闪动的光

这是海与岸的最美遇见
只为一个“美丽中国”的绿色梦想
我国首个海上油田群岸电应用项目在秦皇岛32-6、曹妃甸11-1油田落地
海上油田开发模式从此发生重大变革
从海电到岸电
一字之差
海油人足足等待了40年
而今，我们自信地站在开关站前
坚定地下达最后一个指令
投产的电波穿越海天
点亮“海上浮城”的灯火
誓与繁星皓月争辉
拉升“绿色油田”的颜值
笃定实现双碳目标
在保护中开发
在开发中更好的保护
这是渤海油田对“绿水青山就是金山银山”这一伟大愿景的坚定回响

站在时代更迭的关口
创新成为引领发展的第一动力
当数字浪潮裹挟信息技术席卷而来
能源行业路在何方

云计算、大数据、物联网、人工智能、5G
“数字技术”在我国首个海上智能油田秦皇岛32-6油田的落地
让传统油田一夜变脸
二十龄老油田的先试先行
为一切不可能写下可能
中国海域从此有了集现代化、数字化、智能化于一身的智能油田
点燃数字引擎
科技创新在渤海湾红利尽显
地球物理技术取得重要进展
为亿万年地层勾勒前世今生
智能分注技术系列走向成熟
让新、老油田实现高效开发
采油工艺技术体系持续突破
助力在生产油田实现稳油控水、增产增注
高含水后期油田开发技术体系成型
推进老油田持续稳产
从储层描述技术到地质数模建模技术
从工程建造标准化到工程技术不断取得关键突破
从“一井一策”到“1+N”模式
从生产油田综合调整到“双高”油田精细挖潜
打破旧格局，探索新驱动，追逐高质量
敢想敢干的渤海石油人实现了管理、理论、技术的全面创新
为渤海油田建立起一整套支撑稳产上产的勘探开发技术体系
为中国海油实践出一条集成创新结合自主创新的发展道路

中国第一
是荣耀更是使命
57个在生产油气田

192座平台设施
渤海湾内
星罗棋布，灯火通明
日夜不停的“海上油城”正吹响新时代的石油战歌
告别旧时光
站在历史赋予的新起点
建设“中国特色世界一流能源公司”的蓝图已经绘就
冲刺“七年行动计划”的总攻已经打响
在“三大工程，一个行动”的引领下
渤海油田正倾力打造我国标杆能源基地
勘探开发一体化
工程建设标准化
油气生产智能化
经营管理精益化
这是渤海石油人为保障国家能源安全、助力建设海洋强国做出的最美承诺
我们始终牢记
用创新点燃发展的希望与未来
用实干擘画祖国的胜利与荣光
用奋斗赓续民族的勇毅与梦想
为祖国加油，为民族争气
奔跑者，再出发

之二 “特区”印记

贾富昊 岑 川 黄子阳

你听
一阵欢呼传来
南海东部油田
祖国蓝疆崛起新的能源高峰

她是中国南方最大的原油生产基地
拥有中国最大的深水油气田集群
作为全国第七大、海上第二大油田的她
再次明亮新的光彩

你看
蓝色的国土上一片好“丰”景
连续7年超1500万方
累产油气达1.625亿方油当量

可曾记起
那一年，南海东部石油人
卷起裤脚走向大海
万顷碧波下探寻黑色宝藏

烈日下方显钢铁信念
寒风中点燃创业激情
信念的火种就此点燃
大海深处埋下了
石油人一生最珍贵的梦

河山在砺，念兹在兹，载一抱素
追梦人坚定前行
此地，20年前
番禺30-1气田、与惠州21-1气田相拥
共同拉开天然气大开发的序幕
此地，10年前
中国第一个的深水油气田——荔湾3-1气田
在此发出初啼
我国最大的深水油田群——流花油田群
扬起挺近深海的旗帜

而后，书写
一个跨越历史的时间维度
一段砥砺奋进的发展历程
一份份践行高质量发展的答卷
一次次求新求变迈上创新强企的新高度
一个个“国之重器”、一项项先进技术的成熟落地
一个个绿色项目部署、一座座“绿色工厂”涌现
激活着“第一资源”
澎湃着“第一动力”

大海孕育奇迹与辉煌

几代人接续奋斗、浪涛奔涌
激荡起“碧海丹心，能源报国”的使命担当
在辽阔深邃的南海东部
涌动翻腾油气事业奋斗者的意志

新时代10年
我们继续一路高歌
春笋般矗立海面的井架
科技、钢铁与绿色生态的和谐
发出与这个时代肝胆相照的誓言
要用理想和信念为笔
以青春和热血作墨
绘就向海图强的波澜壮阔

大风泱泱，大潮滂滂
这个时代属于奋斗者

迎难而上需全力冲刺
创新突破是开拓前行的利剑
海疆万里、碧波云天
亚洲第一深水导管架平台“海基一号”
像钢铁的科技皇冠庄严立于海面
彰显这个时代自立自强的海油智慧

“台风模式”“一键置换”陆海联动
微波传输环网贯穿海陆
“神器”助力、技术支撑、智慧加持
陆地牵手千里外的海洋
标准化无人平台

油气田要变得更“聪明”
打通智能化转型“任督二脉”

从此
在摸索中寻到
一条与自然伟力相协调的智慧之路
能源巨轮向更深、更远、更高水平处挺进

除了绿色什么都不留下
除了油气什么都不带走
我国海上首个二氧化碳封存示范工程
——恩平15-1油田群
开发、捕集、封存
地下的精灵回到大地的怀抱
诠释海油人生产与生态互融的浪漫
野生虎鲸在钢铁的城墙下嬉戏
诉说海的蓝
深邃的油气则在管道能奔涌
孕育生态的绿
“绿色工厂”春笋般生长
映衬生态优先的鲜明底色
为粤港澳大湾区
提供更优质、更绿色、更智慧的能源

大亚湾
千万吨级海上CCS/CCUS集群项目研究
陆丰油田群
深远海漂浮式风力发电研究及示范应用

与海为善，与自然为邻
在保护中开发、在生产中保护
海油人在生态和谐的道路上阔步前行

栽下梧桐树，引来金凤凰
中流击水，奋楫者进
在增储上产的征途上
海油人一路战歌嘹亮
钻塔擎天拔浪起
地火丹心映海天

从成熟区走向新区
恩平打开富生烃新区的大门
找到广阔南海新的“聚宝盆”
开平11-4陷破除“冷区”魔咒
十年
15个大中型商业油田发现
新区华丽变装
成为增储上产“压舱石”

从浅层到深层
向更深处探求万年孕育的神秘
陆丰14-4油田打开
古近系勘探领域的大门
惠州26-6开启
古潜山、古近系“双古”立体勘探新局面
进击，向禁区进击
在这一新勘探主战场

斩获胜利

伴着钻机的轰鸣
从第一个自营浅水项目陆丰13-2油田
到如今走入深蓝寻珍觅宝
大海与天空在此记录
流花16-2、流花20-2、流花21-2
整装、轻质、高产
夺取我国南海日产量最高油田群桂冠
白云凹陷深水原油实现历史重大突破

储量变成产量
定要握紧开发利器
强化创新驱动，
按下产能建设的“快进键”
碧海丹心
带来迈向前方的指引
攻坚克难
阅读沧海桑田的纹理
在这里，再次实现
从浅水向深水、超深水开发的跨越

唯其艰难，方显勇毅
潮涌浪击新时代
扬帆远航向未来
逐梦深蓝初心不改
增储上产冲锋在前

心往一处想、劲往一处使
在党的旗帜下团结成
“一块坚硬的钢铁”
干事创业
绘就高质量发展的宏图！

志不求易者成，事不避难者进
大道至简，实干为要
站在2000万吨的新起点上
即将迎来新的目标挑战
是“危机”更是“新机”
未来
充满挑战与希望
也有共同奋战的伙伴相伴
更多的人，是璀璨“凡”星
一个个奋斗的身影
一串串坚实的脚印
一次次感人的奔赴……
扛起能源强国、海洋强国的责任
汇聚成企业发展生生不息的力量

潮涌千帆过，山晴万象新
南海东部
一路披荆斩棘
一路凯歌行进
擦亮了“海上特区”的名片
将一粒粒能源的种子
播撒在这片蓝色国土上

峥嵘过去已经彪炳史册
璀璨当先正在不断延伸

聆听历史回响，阔步新的长征
攀登，永不止步地攀登
冲锋，一往无前地冲锋
南海东部油田又将翻开新的一页
为打造大湾区最重要的油气基地
构建世界一流的能源产业集群
奏响接续光荣、拥向辉煌的旋律
为中国海油奋进新征程、建功新时代
谱写建设海洋强国的崭新篇章

之三 南海放歌

彭小红 丁晶瑜 李启嘉

时常在思考
是怎样的底色，才能撑起蔚蓝的南海
是怎样的雄伟，才能托起广阔的汪洋
答案肯定是黑色
是这种最原始的自然色
把刚强与柔美彻底的揉碎在一起！
如海底沉睡了万年的黑色乌金一般
将地球亿万年来的悲壮与豪迈，尽数书写！

如果一定要探寻这一抹重彩浓墨
那么，你肯定会发现
一代又一代的海油人，挺起脊梁
义无反顾地走进深蓝色的海洋
一代又一代的海油人，踏起大步
用汗水和青春织就那段感天动地的光辉岁月

天海鸿蒙
雄风浩荡
北部湾的朝阳
镀我赤道古铜

琼东南的海风
染我岁月盐霜
台风锻我凌云志
雷暴壮我英雄胆

从涠洲10-3油田的报晓
到涠西南油田群“增储上产”
我们吹响了南海西部油田“自营为主，油气并举”的集结号
转变观念
人弃我用
重评启用外国公司放弃的小型油田
涠洲11-4、涠洲12-2油田由“独立整装开发”转“联合依托开发”
我们实施“一体化”管理精细挖潜
横向对接无缝、纵向各显神通
上游下游互动、地面地下结合
涠洲岛终端打通“半海半陆”资源共享气脉
海底管线和海底电缆将油田串珠成链
“油、气、水、电”结一张智能巨网

破解复杂断裂带油气差异富集难题
攻破井壁稳定性技术、大规模驱压技术难关
“小蜜蜂”移动采油平台徜徉边际油田
小油田低成本勘探开发闯新路
涠西南油田产量从不足100万方跃升至400万方

海角悠悠
天涯茫茫
筑梦“万亿大气区”

我们自力更生、解放思想
从崖13-4气田到陵水17-2大气田横空出世
我们“以浅作深”全方位准备
十年磨一剑

我们创新发展深水高温高压复杂地况油气成藏理论
勇闯1500米行业“勘探禁区”
东方1-1大气田发现树里程碑
实现了高温高压天然气勘探到开发的历史性跨越
我们攻克世界级深水高温高压钻完井、测试、工程等关键技术
《南海高温高压钻完井关键技术及工业化应用》课题
2017年获“国家科技进步一等奖”

第六代深水半潜式钻井平台“海洋石油981”赋能陵水
十万吨级深水半潜式生产储油平台“深海一号”布局琼东南
大国重器攻城掠寨
厚积薄发
降服高温高压“拦路虎”
陵水17-2超深水大气田一鸣惊人
实现当年勘探、当年开发、当年投产
高效率、低成本声震行业
为世界提供了一份闪光的深海高温高压油气田勘探开发“中国方案”

决胜千里
龙宫探秘
万里海疆任我行
破解疏松低渗砂岩油藏难题
三维地震采集屡创新高

乌石凹陷的油井里
潜藏着亿吨级的油田群
北部湾冒起的串串气泡
讲述着湛江海油人自强不息的奋斗奇迹！
凹凸不平的深海海底
勤劳善良的湛江海油人
攻克了复杂断裂带油气差异富集难题
在珠江口的盆地里
书写了单井探明储量最大、发现油层最厚、珠海组测试产量最高的奇迹！

阳光灿烂的海面
新油田的开发如火如荼
夜以继日、大步流星
钢桩直插基岩
铁锚紧抓海底
钻塔穿云摘星斗
油管倒海探龙宫
暴雨浇不息火炬
狂风吹不倒战旗
巍巍钢铁岛
惊涛骇浪
不生阴柔
热血阳刚

赓续铁人血脉
“南海奋进号”精神在天海间回荡
“发愤图强、拼搏进取”
比工程项目人员更加较真

比设备厂家人员更加细致
比船厂工人更能吃苦
“方吨必争、分秒必争”
无论是建设期、检修期还是生产期
我们冲锋在前、一如既往

把梦想嘱托埋在心里
把使命责任扛在肩上
把思念牵挂托付白云
把寂寞忧伤放逐天上

我们青春无悔、沙场犹酣
我们破釜沉舟、卧薪尝胆
苟利国家生死以
我们楚户越甲海油铁军
不擒游龙誓不还

增储上产、降本增效
深耕“一体化”模式
推动低品位油田开发
老井区采用五级分支井新工艺
水平井控水稳油新技术快速推广
导入自注自采压驱作业新模式
加快油田数字化智能化转型

哦，波澜壮阔的南海
中国第十大油气田如星系在碧波中熠熠生辉
连续13年油气产量超过1000万油当量
海底管网，串起星罗棋布的座座平台和终端

汹涌的海底油气大动脉
向粤港澳大湾区、海南自贸区和广西壮族自治区输送源源不断的绿色能源

繁忙的港口
于是看见我浪花的微笑
喧闹的机场
于是听到我歌声的飞扬
滚滚车轮
驮载小康的幸福
绿色能源
将城市乡村的万家灯火点亮

鱼儿桩边徘徊
鸥鸟舷边轻翔
绿色低碳转型
“天人合一”守护共同家园
涠12-1中心平台首推回收伴生气发电
涠12-1PUQ平台回注伴生气驱储并举
涠北管线打破海上伴生气无法利用困局
国内首套LPG回收生产装置在“南海奋进号”运行
文昌油田群荣获2022年度国家“绿色工厂”
伴生气利用一举多得
“零碳排放”示范油田阔步路上

北部湾涠西南的海面上
互联智能电网在闪闪发光
用心血编织的电网
将南海各处照亮！

涠洲油田群分布式光伏电站输出“绿电”
文昌油气田布局我国首个深远海浮式风力发电
在保护中开发、在开发中保护
我们不忘承诺
定将乌石油田建成低碳、节能、智能化的示范

百舸争流千帆过
捷报传来泪满襟
2022年7月，涠西南页岩油勘探传来重大喜讯
全球首口页岩油探井——涠页-1井压裂测试成功并获商业油流
标志我国海上页岩勘探开发步入国际前列
8亿吨页岩油储量柳暗花明
“增储上产”开辟可持续发展战略接替领域
一个海上页岩油勘探开发示范区正在加紧建设
国家非常规油气资源勘探开发的新纪元从这里悄然开启
熊熊火炬
冉冉朝阳
湛江分公司重上1000万方目标
未来可期

披星戴月
把青春刻进漆黑的石油里
情铸丹心
把汗水流进祖国的大海里
海上独立生产工艺一体化的应用
改写了海上开采难的历史
多相流混输泵、高压输气软管应用
离心式燃气压缩机顺利投产、无人化采油平台涠洲11-2C投产……
一项项创新技术的应用

铸就的是产量的根基
写尽的是湛江海油人尽职尽责的青春华章！

蛰日喷薄
健气纵横
飞龙在天
云动八方
“我为祖国献石油”
铁肩荷使命
筑牢国家能源安全屏障
植根南海
踔厉再奋发
直面新时代赶考
为民族复兴的伟业贡献“海油力量”

之四　向海图南

邓　雨

40年伟岸史诗赓续至今
我将为你叙述新生的集体
如黄河东来磅礴的浪涌
如群山之巅挺劲的青松
在希望之高处，于生命极青春之时
红日初升，照映琼海，立下铮铮誓言：
增储上产，提质增效
谱写南海万亿大气区缀玉联珠的华章！

华章伊始，
南海烟涛微茫，何其难求？
畏途南海，44%的深水油气资源，
琼东南盆地，莺歌海万亿大气区的梦想
是海油人矢志报国的滥觞
踌躇满志今又是
无限风光在险峰
“出发，走向深海！”

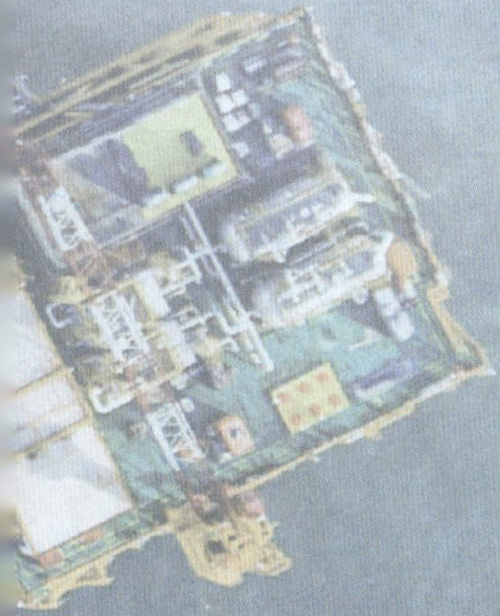

2012年，第六代超深水半潜式钻井平台
海洋石油981正式出征，拓土开疆

深水超深水探勘的主动权
从这里起航
陵水17-2气田超千亿方储量的探获
捧出了海底的宝藏
揭开了深水自营大气田勘探开发的史册
喷薄年轻的集体的青春与热血
吞吐琼东南盆地潜力的伟业
这已不仅仅是海
这是我们的心之所往，故里归处

关山飞度三千里，战略前移，进军深海
兼顾琼粤仍从容，跨越琼海，独立运行
捧着赤忱的理想
此心寄北，脚步向南！
2017年，运筹规划新生的集体
号声嘹亮，鼓声激越
南方晨曦的温度中跳跃着深海的主题
有限之南海
无限之海南
这是一张积淀了信仰的蓝图

秣马厉兵10余年，大国重器，鼎立南海
2021年，“深海一号”投产，攻坚克难，始得玉成
全球首座十万吨级深水半潜式生产储油平台
用梦想为牵引，穿越几千里
落子南海
写了40年关于深水油气开发能力和深水海洋工程装备建造的诗篇
伴随海底滚滚气龙，一一交付

我国首个深水/超深水气田运维保障体系
海洋石油工业发展的金色丰碑
奏响了为祖国献油气的浩壮赞歌！
南海夜空之上
那群星闪烁的韵律
可踩中了这赞歌的节拍？

像夸父奔逐红日般
于海南奔逐远方
我们身如萤光，聚之却如火炬
用全盘视角观瞻与俯瞰
布国内最大天然气生产集群的一盘棋
依托“深海一号”能源站布局深水油气田群
南海莺歌海、琼东南、珠江口三足鼎立
将以南海万亿大气区
为车！为马！为相！
带动周边区域经济发展和能源结构转型
探索深水油气勘探开发
气田产量与组分，谓两物如衡齐平

2019年
站在时代的节点，事关海洋的梦想
全力以赴迎来新的起点
从东方13-2气田群1-1PRP平台3口生产井投用
到陵水17-2气田开发工程项目半潜平台陆地建造启动
从东方13-2气田临时台风遥控生产系统使用
到13-2CEPB平台B5井成功开井
时产气量7500立方米

在看得见与看不见的日夜
我们将“增储上产”用数字与汗水丈量
诗篇至此，万卷激扬，字字酣畅！
起笔正待从头，落笔尤是青年
但诗篇需要续写，正如气龙亟待勘探

于是在莺歌海勘探室的夜晚
莹莹星光下，潜心笃志，思绪翻腾
1831米“蓝鲸1号”深水钻井平台首次超深水裸眼测试
良好油气发现惊艳了每一个人的眼睛
半个多世纪以来，一代代勘探人矢志不渝，四上宝岛
松南-宝岛凹陷处，宝岛21-1储量的步步突破
揭开了依托周边设施快速转产新序幕
至琼东南盆地北部坳陷带崖北凹陷钻遇的厚油气层
一扫来自1979年勘探险池之阴霾
在祖国最南端的夜晚，穹顶星光闪烁
一遍遍推演，一次次探寻
描摹地层中的脉络，构建起如静脉相连的气流
案上纸笔，身后家国
在纸与笔之间
思绪翻腾，夙夜奋战
我们，就是青春的模样

滚滚麦浪与深蓝海浪，并没有本质的不同
如同农人珍重每一粒米，我们珍重每一方气
深耕细作，努力将开采最大化
探索挖潜方式，播种每一次创新的种子
崖城13-1气田海底管道高栏支线项目海管登陆段铺设回拖

中航QD70B燃气轮机发电机组
完成崖城13-1气田生产控制系统完全国产化升级
建成国内首个海上产供气管网智能调度决策平台
开启乐东22-1气田与乐东15-1气田合并运营管理模式
于海岛中奋战，在汗水中洗礼
雕琢着南海明珠，刻尽毫厘

绿水青山千秋事
国策明，治者众
南山终端石油和化工行业“绿色工厂”
第五批工业和信息化部绿色制造名录
用碳达峰、碳中和愿景下的绿色低碳
抵挡科技发展背后的风狂雨骤
让青山更青，让蓝天更蓝
任凭风云过

老矣廉颇，以初升旭日点亮
崖城-陵水气田一体化管理
共用的油气输送管道和下游用户
相承的精神与气脉
赓续不灭的热情
连接华南、贯通东西
律动着海洋的动脉
串联起散落在南海的宝石
统筹灵活调配天然气走向
推往南海中南部，深入挖潜，极致探寻

1500米

首个超深水大气田“深海一号”成功投产

34口开发机

让海上最大高温高压气田——东方13-1气田的全部钻完井作业，较计划提升32%

4700米

完成崖城区块某常规探井钻井作业

刷新中国海油4501～5000米探井（未测试井）钻井周期纪录

33年

谢玉洪院士深耕南海

并建立“中国海油南海油气能源”院士工作站

为了“提高能源自给率，保障国家能源安全”

探索南海地区地热资源

探索浅层大位移井的井深及水垂比记录

探索东方1-1气田低渗区块气层钻遇率

我们用数字写成诗篇

去创新，去奋斗，诗句便肆意徜徉

字里行间见天地之深广，见南海之浩瀚

更见海油人之赤子丹心

遥遥目光朝南所向

向海洋更深处，向梦想更远处

之五　探“陆”者

秦培尧　万　毅

“我站在高山之巅
望黄河滚滚”
那古老遒劲的笔触
勾勒出五千年华夏文明的恢宏画卷
那苍茫雄浑的黄土地
蕴含着天地造化的磅礴力量
在这沟壑峁梁的黄土之下
在这奔涌不息的大河两岸
埋存着燎起奋斗之原的星火宝藏
厚土下乌金而生的煤层气
致密砂岩缝隙中的致密气
不再是令人望而生畏的夺命杀手
而是海油人由海上陆的清洁能源
燃出赤与热
生出洁与净
踏遍黄河两岸
奔向四面八方
奉献清洁能源
守护绿水青山

他们把根扎进黄土地
在非常规探索之路上拓荒前行
不舍昼夜，敢在致密寻宽广
不畏山海，擅于煤海舞气龙
不辱使命，扛起“国家队”使命
不负众望，彰显“双跨越”担当
一碳四氢，支撑起能源版图的重要一极
降服气龙，践行着能源报国的铮铮誓言
让三十万亿个立方空间里的烃分子
聚合成托举一个民族复兴的伟力
燃烧成一片辉煌的初心使命
哪里有宝藏，哪里就有中联的身影
哪里有召唤，哪里就是奋斗的方向
牢记人民的期望，让热血谱写壮美诗篇
牢记祖国的嘱托，把能源饭碗端在手上

从起跑到并跑再到领跑
10年间
先行一步
先试先闯
从煤层气到煤成气
一字千钧掀起增储上产大会战
从跨界到跨越
思想革命引领实践革命
从海上到陆地
常规到非常规保障能源安全
勇挑担当之责
不辱使命重任

用智慧、勇气、汗水
用失败、挫折、疼痛
书写一部清洁能源创业史
争做万千增储上产开路人
决战决胜非常规
在太行腹地建成全国首个年产超10亿方煤层气田
在巍巍吕梁探明中国海油首个千亿方致密气田
在九曲山河牵出我国最长煤层气长输管道
立起非常规天然气标杆
夯实能源保供“底气”

有一种初心
是十年一日的执着坚守
是增储上产的万水千山
有一种初心
是风霜雨雪敢下山河探表里
是漫长岁月追寻真理求意义
有一种初心
是看熊熊烈焰划破黑夜
是看万千管道首尾相连

功成不必在我
面对倨傲的“绝对正确”“先进经验”
海油人虚心学习，俯身用脚步丈量黄土高原
用开放的胸襟，承认过去与当下的落后
用智慧的头脑，构建现在和未来的崛起
与自然环境周旋
在荒山野岭寻踪探秘

唤醒在地下聚宝盆沉睡的气田
功成必定有我
面对技术的“一穷二白”“瓶颈难关”
海油人闯关夺隘，立志用双手擒获地底气龙
用不屈的斗志，直面经验与技术的不足
用敬业的精神，建起常规与非常规的桥梁
以“新”促“变”促提速提质增效
技术工艺突破攻关的成果
手握创新的“金钥匙”打开气田高效开发之门

这10年，让昨日之非常规变成今日之常规
这10年，让今日之常规衍生未来之非常规
这10年，是一个产业的希望从大洋彼岸来华的时间转移
这10年，是一种能源从引爆欧美到点亮亚太的空间变换
这是从无到有、从小到大、从弱到强的10年
也是一条巨龙蓄力腾飞，雄鸡屹立东方的10年
更是十四亿骄傲的中国人从站起来到富起来的10年

黄土沟壑的星星之火指引海油人
在黑夜的井场里
望着天空泛起鱼肚白
在银色的井架上
听着耳旁阵阵轰鸣声
驻大山深处坚守，顶风霜雪雨作业
承能源报国梦想，送千家万户温暖
写绿色发展诗篇，助祖国绿水青山

竭忠尽智建设最长煤层气管道——神安管道

不舍昼夜践行能源报国铮铮誓言
穿太行、越吕梁、越黄河、跨京畿
牵引气龙走出大山
将两大天然气主力盆地相连
挺起能源保供钢铁脊梁
零伤害、零事故、零污染、零感染
昂首奋进跨越山海
把心血融入神安管道的分寸
畅通西气东输能源动脉
从西到东，翻山越岭；
海陆双气，一脉贯通；
逢山开路，穿山跨河；
风霜雨雪见证海油人的拼搏坚守
黄土高原记录中联人的奋勇向前
不讲条件，不计得失；
不畏艰难，不计代价；
一头牵起清洁能源
一头系起万家灯火
为了心中的梦想
为了人民的期望
牢记祖国的嘱托
将能源的饭碗端在手上

身处伟大时代，我们激情豪迈
坚定理想信念，我们斗志昂扬
无数个日夜，在办公场所和衣而卧
无数个日夜，在黄土高原抱团取暖
发国家标准、获能源大奖、攀科技高峰

挖潜老气田、攻关深煤层、建设数字气田
每一颗种子，都在奉献着生长的力量
每一个梦想，都在凝聚着奉献的力量
在漫山遍野中那一抹抹鲜红
是海油人的身影
在风霜雨雪里那一串串脚印
是中联人的足迹
我们信念信心如磐
登攀求索，共创非常规未来
笃行致远，砥砺能源报国志向
探“陆”不止，为国争“气”

之六　让五洲闪烁我们的梦想

【印尼：梦想启程】

徐文威　黄　众

印尼，这里
是两大洲和两大洋的十字路口
是重要的国际海洋交通线
是中国海油最早“走出去”的起点

临近赤道的潮湿闷热和密林毒虫
丝毫没有影响海油人在这里的踏勘
蒙尘已久的老油田和老设施
更未阻挡海油人在这里的开荒拓土

海油人，在这里
扎实开展地质气藏研究　及时优化开发井轨迹
吸收相邻气田成功经验　大力推广酸化增产措施
协调海油全球研究资源　对开发技术疑难杂症把脉会诊
让科技的罗盘指引增储上产的航向

MAC项目FID成功获批
MBH-MDA钻完井项目圆满收官
2M项目安全顺利投产

一系列成就的背后　是海油人的披荆斩棘和奋力前行

在梦开始的地方　他们又踏上了新征程
积极推进3M和MAC气田开发进程
坚定不移践行集团公司一体化协同发展战略
让中国海油高端设备和先进技术进一步走出国门　走向世界！

【北美：以梦为马】

清晨六点　阳光洒向冰封大地
晨曦中的长湖油砂作业区光芒万丈
这里是加拿大阿尔伯特塔省北部
寒冬漫长　冷风如刀
零下40～60℃的冬季极端气候下
长湖人的干劲依旧热火朝天

长湖人深知
北美油砂是中国海油最重要的海外资产之一
盘活油砂资产是自己义不容辞的使命
长湖人笃定
打造中国海油在北美油砂的产能建设能力是奋斗的愿景

为推进K1A管线建设，他们
克服极端气候带来的不利因素
克服施工过程接踵而至的困难
圆满完成K1A地下重启项目
实现了全面总包的理想目标

为全面贯彻提质增效，他们
锐意进取　大胆创新　成功提高天然气热能利用率
优化技术　调整策略　大幅减少检修关停时间次数
精打细算　环保至上　成功降低系统维修费和排量
为国家创造了价值1000万美元的碳信用额度

他们提前谋划　精心部署
使新项目钻完井和在产井修井作业“并驾齐驱”
他们效益优先　实干为要
积极贯彻践行“Every Barrel Matters”运营要求

从“稳”出发　以精细化生产管理稳步提升生产时效
向“快”入手　以流程优化成功压减井场维修恢复周期
以“准”为绳　以钻完井计划动态调整确保高产井作业速战速决

在“桶油必争”理念指引下
长湖油砂日产量爆发式增长
2022年8月成功突破5万桶
2022年11月成功突破6万桶！
他们面对油井产量波动疑难杂症迎难而上
“不怕没有成功，只怕没有努力！”

人不负青山　青山定不负人
他们践行海油优快精神　将不可能变为可能
他们挑战工程技术极限　以创新破局促发展

不经一番寒彻骨　怎得梅花扑鼻香

长湖油砂人向阳而生　逆风而行
立志成为油砂生产领域的领军作业者而奋斗不息！

【伊拉克：寻梦米桑】

80亿桶滚滚原油　封印在地下3000米盐膏层底
亿万年孕育休养生息
两条大河的文明　滋养美索不达米亚平原
六千年沧桑古国沉沦崛起

层峦叠嶂的阿布群山
与宁静旷远的法齐、布泽干丘陵沼泽
组成了壮阔的米桑油田群
在古丝绸之路上彰显巨大的活力

这片苍凉广袤的大漠
曾在战火纷飞中登上历史舞台
也在毅然前行的历史车轮中迎来和平
在现代化工业崛起进程中
在中国海油的主导建设中
它再一次从蛰伏中苏醒

“前进，前进！”
就像无惧干旱和炎热的椰枣树
海油人无惧风险、勇于坚守、默默奉献
怀着激情和诚意　责任和担当
坚守油田一线　恪守增产复产

他们离开祖国　离开家园

不畏风沙酷暑　地雷遍布　毅然决然奔赴大漠雷区

他们技术超群　理念超前

不惧地质复杂　条件艰苦　义无反顾扎根这片土地

盛夏50℃高温

他们在风沙酷暑中挥洒激情

在战乱扫雷中书写担当

在复产上产中践行责任

在荒凉沙漠中建设美丽家园

战争炮火阻挡不了他们前进的脚步

披星戴月战天地　志坚情热踏风沙

坚守契约精神　无惧风雨　使命必达

直面急难险重　面对危情　冲锋在前

他们传承铁人精神

带着大海的力量

带着沸腾的热血和坚韧的灵魂

许下“让荒凉米桑不再荒　片片矿群拔地起”的铮铮誓言

精诚合作　兢兢业业

放下小我　胸怀大局

带来资产最好的发展空间

实现了日产30万桶产量目标

用实际行动　令曾经满目疮痍的两伊主战场重现生机和活力

他们扎根荒漠　建设米桑

关恤居民　反哺社会

招工培训　建桥修路　水电供给
12项社会贡献项目助力当地发展
一座座基地拔地而起
一片片矿区蔚为壮观
一条条马路坚实通畅
一批批当地居民笑逐颜开

布泽干小学　米桑周边唯一的学校
曾经校舍破败、桌椅残缺、部分墙面出现裂缝
海油人为他们翻修学校、援建设施
6间教室焕然一新
宽阔的柏油马路取代了曾经的泥巴路

捐赠了两所小学
将多余的发电量输入当地电网
共享水处理设备
提升道路基础设施
海油人对布泽干的贡献
当地村民如数家珍　心存感激

经过10多年耕耘和发展
米桑已在烽火洗礼中涅槃重生
正待展翅天宇　翱翔苍穹！

【乌干达：圆梦翠鸟】

战争、干旱、瘟疫、酷热、贫穷、落后

是普罗大众对非洲的固有印象
在这 3022 万平方公里的广袤土地上
有一个国家四季如春　雨水丰沛
她就是“非洲明珠”乌干达

历史的岁月中
当艾伯特湖北侧 Buliisa 镇打出第一口深井
当艾伯特湖边发现具有商业开发价值的油气田
彼时工业体系薄弱的乌干达
却只能眼望丰富的石油资源而捉襟见肘

而当中国海油进入艾伯特湖区油田开发项目
互利共赢从此成为双方合作始终坚持的理念
“帮助乌干达实现能源开发的可持续发展！”
是背井离乡、跨越高山远洋的海油人发自内心的呐喊
他们为帮助乌干达建立健全石油工业体系
年复一年奋战在这片土地

2022 年 2 月 1 日的坎帕拉独立广场
乌干达总统穆塞韦尼正式宣布启动乌首个油田开发项目建设
年近八旬的老总统目光热切
“乌干达从此将摆脱石油进口依赖！”
这个传统的农业和畜牧业国家
迈出转型成为原油生产国的坚实步伐
乌干达的“石油梦”从此照进现实

面对“翠鸟”油田复杂的地质情况和资料的先天不足
乌干达公司增储上产攻关组“吃干榨净”现有资料

努力攻关储层预测难题
用充足的风险潜力预案及钻前准备将油田储量落到实处

人员不足　疫情多发　安防形势严峻
他们无惧挑战　全力以赴
4个EPC主体工程全面开工
安置房　营地改造　社区供水项目　跨崖道路维修
一系列民生项目紧锣密鼓完成建设

在“石油使生活更美好”的愿景下
他们积极推动捐资助学强基工程　创造就业赋能工程　民生扶持惠民工程
以实际行动践行人类命运共同体理念
向2022年中乌建交60周年献上丰硕厚礼

“我亲眼目睹了中国海油给家乡带来的变化！”
这是北师大的乌干达留学生格洛丽亚发出的由衷感叹
如同波光粼粼的艾伯特湖
中国海油为当地人民生活增添的亮色有目共睹

驻守在这里的海油人深知
既然毅然选择了远方
从此便只顾风雨兼程
他们直面困难挑战　奋力打造“海外标杆”
他们燃烧火热青春　只为“翠鸟”早日展翅
他们必将不辱使命　无惧困难　奋勇向前！

【巴西：筑梦深水】

2200米　是里约桑托斯盆地海床上采油树的水深
18000公里　是中国的家到与南美筑梦场的距离
2013年海油人用热情和诚意赢得巴西里贝拉区块权益
正式踏入巴西超深水油气开发领域

里约深海地底沉睡着澎湃的原油
动力比亚马孙河的水量还要丰沛
期待着开发者高超的技艺
释放出它无尽的潜能

你可以感叹　一艘FPSO的排水量是中型航母的8倍
一口油井的日产量高达五万五千桶
但更值得感叹的
是为了FPSO建造付出心血的海油人
更值得记住的是
克服重重困难把井打到深海地底油层的海油人

多少个日夜
他们与钢铁为伴
多少轮寒暑
他们跟风雨同行

像沙场直面残酷　一线将士要磨砺意志
像军中运筹帷幄　管理人员需睿智定夺

国际合作要讲智慧　更要把握权责
牢牢掌控非作业者“四权”
寸土必争　坚守海油权益
他们条分缕析研判合同　细枝末节均不放过
他们全力以赴贡献海油智慧　合规合理发挥伙伴价值

本地法律纷繁复杂　多少知名企业望而却步
他们明知山有虎　敢为天下先
他们日夜奋战　15个月高效完成数十项合同签署

在他们的努力推动下
中国海油作为外国石油公司
首次实现在巴西自主销售天然气
为后来者提振了信心

无论前方还是后方
无论技术抑或管理
驻守在这里的海油人筑梦深水
戮力打造世界一流企业应有的能力水平！

【圭亚那：勇毅逐梦】

国之交在于民相亲
民相亲在于心相通
中国海油立足本土　放眼世界
深度参与“一带一路”沿线国家和地区油气产业发展
为当地创造社会经济价值

留下越来越多坚实的印记

南美洲圭亚那海上斯塔布鲁克区块
宛如一颗冉冉升起的新星　成为世界石油勘探开发新热点
在这里　区块整体地质成功率达90%
在这里　累计发现亿吨级油田20余个
在这里　蕴藏着超过100亿桶油当量的油气可采储量

“走出去，走到深海去！”
这是海油国际圭亚那公司员工常记心中的报国情怀
他们勇于开拓　勤于耕耘
他们变被动为主动　不断提出“海油方案”
在这片沃土上取得一个又一个佳绩

他们勇于打破传统观点
研发形成新的地球物理技术系列
凭借海油人自己的力量
让Liza Deep等一系列新的储量发现如雨后春笋般涌现

“圭亚那下再找圭亚那！”
是他们大胆提出的深层勘探战略
不舍昼夜的技术攻关、调查研究
不仅创新形成深层目标识别与评价技术系列
更让区块展示出深层巨大的勘探前景

当圭亚那遭遇建国以来最严重的水灾
民众出行仿佛河中行船
是驻守在这里的海油人率先伸出了援手

当得知当地儿童之家资金短缺
驻守在这里的海油人第一时间为孤儿们提供了捐赠

当了解到当地孔子学院无法正常使用生活用水
驻守在这里的海油人亲自动手帮助设计供水系统流程图
组织安装所需设备
当清澈的热水汩汩流出
多年来坚守岗位、从未叫苦的学院老师已是热泪盈眶

当乔治敦的大雨奔流入海
当卡尔加里的飘雪轻轻落在屋檐
当北京的钟楼敲响第一声晨钟
当休斯敦的飞霞映满天边
他们始终坚定地站在那里　怀揣海油的光荣与梦想
“走出去，走到深海去！
走到世界舞台的中央去！”

科技创新

之一　天之璇玑

单荣国

上天容易入地难，入海中之地尤其难
饶是如此，清华大学工学博士毕业的尚捷
勇敢踏上这条荆棘丛生、崎岖艰辛的科研之路
道路前方，闪烁着一颗石油钻井技术“皇冠上的明珠”
她就是旋转导向和随钻测井技术
海油人赠予一个充满中国风的名字——“璇玑”

璇玑，一曰北斗七星
古人观象，弗误农时
璇玑，二曰北斗卫星
定位、测速、授时和通信，神通广大、无所不在
璇玑，三曰中国海油旋转导向、随钻测井系统
可感知并操控井下地层温度、井壁斜度、钻头走向
实现井下信息的实时遥感、无损传递、精准测录

千禧年之后，国家“863计划”支持下
中国海油各专业技术公司开始建立自主核心技术体系
2007年，尚捷放弃北京的优渥生活和工作机会

入职中国海油地处河北燕郊镇一个油田技术研究所
项目之初，技术团队“一穷二白三无奈”
全部家当仅4间办公室、几台电脑和7名工程师
没有试验室，他们改装一个废弃车库
窗外，夏日蝉声烦心、冬季乌鸦劳神
室内，梁上蜘蛛拉网、墙缝跳蚤肆虐
时间煮雨、岁月缝花
他们潜心探秘“璇玑”科技
空间逼仄、圈地为牢
他们躬身营造中国海油版“车库传奇”
一年365天，尚捷带领团队盲人摸象、闭门造车
撰写了十几万字的技术方案、研制路线和试验计划
外国公司夯筑几十年的技术壁垒被他们撬开一道缝隙

看不到尽头的科研道路上
团队陷入“设计、试制、试验、修正，再设计……”死循环
每周甚至每天，“小进步”“大失败”予取予求、反复切换
他们会集20多个当代顶级学科应用
锤炼1000多道组装工艺
运行几百万个控制代码
累计修复300多个测试故障
“璇玑”最初49%入井成功率逐步提升至市场容忍区

2010年，我国第一版随钻测井样机研制成功
2011年，我国第一版旋转导向样机研制成功
团队攒够了7年的“小确幸”和大绝望
先后翻越“高温、高压、超频震动、超长工时”四座技术高峰
将比肩登月科技汇集于“约有斗来粗，二丈有余长”如意金箍棒

"璇玑"于2014年10月渤海油田首秀成功
标志我国石油钻井、测井领域取得革命性、颠覆性的突破

似乎，"皇冠上的明珠"唾手可得
风险挑战如影随形：可靠性差、成熟度低
即便八人大轿抬上井场也无人迎娶
以致"璇玑"在国内油田服务市场"恨嫁"无门
尤为凶险的威胁来自外部
推测"璇玑"即将闯出黎明前的黑暗
技术壁垒顶端的某国3家公司狠招频出
对曾经每年攫取10亿人民币的中国市场重新洗牌：
清仓"大甩卖"，一改传统租赁模式为商业销售
放下"好身段"，二降多年高企的技术服务价格
抛出"橄榄枝"，三派技术人员驻场服务、无缝衔接
决意置新生儿"璇玑"于死地

"接受失败的反复碾压，定能收获一副钢铁身板！"
作为团队的领头人，尚捷拥有充分技术自信
他不受外部干扰，索性妆扮"璇玑"女神模样
浩瀚的超算系统，团队安全押解一道逃逸的程序代码
静默的研制车间，团队凝神析解一枚迷乱的脉冲信号
繁忙的平台甲板，团队精准拆解一个高温的宕机部件
几年来，"璇玑"被技术团队持续升级几十次
同步完善故障跟踪、运行维护、作业支持等七大配套系统
业界曾经避之不及的"丑小鸭"出落成美丽的白天鹅

此"璇玑"，别样乾坤、神妙玄机、穿梭时空
内藏超大型智能实验室和虚拟战时指挥所

5G速率，将海油人的视界实时延展地壳深处
3D版“贪吃蛇”瞄着油层去、闻着油味钻、追着“油豆”吃
无论油层厚薄、大小、远近，一律“榨尽喝干”
倘若参选我国油气勘探开发领域的革命性“大国重器”
“璇玑”自荐三条理由，择一即可：
中国海油成为国内首家完全掌握“璇玑”的企业
中国成为世界第二个拥有“璇玑”系统的国家
某国20年垄断该项技术的局面终成历史

此“璇玑”，科技爆棚、能量巨大、本领通天
拥有完全自主知识产权，全部核心技术收于囊中
独享专利133件，13项技术秘密获得批准
钻采平台可控油气藏范围拓展4～5倍
单井采收率扩大2～3倍
建井时间大幅压缩30%～50%
储层钻遇率88.3%，体系完整度稳居全球第一阵营
推动我国金属材料、电子元器件等10多个产业战略升维

此“璇玑”，精钢铸造、纤腰蛮力、无往不利
腰佩一柄合金钻头，追随团队征战国内外
2014年至今，“璇玑”累计作业809井次
作业成功率抵达90%的市场应用舒适区
2021年，“璇玑”征战伊拉克米桑油田8井次
成为“璇玑”走出国门惊艳世界的元年

此“璇玑”，电路阡佰、极速超算、机构精妙
“璇玑”立项至今，从设计图纸代码
演变为旧车库散落一地的电器元件和钢铁部件

推送设备生产车间脱胎换骨、修炼成形
转战我国海上陆地油气田实战操练、凤凰涅槃
置身150度高温淬炼无所畏惧
肩扛1400个大气压（相当于2500头非洲象）仍负重前行
头顶千G高频搅拌不乱心智
全球首创陀螺辅助近钻头惯性测量技术
“轨迹控制、造斜能力、声波传导”等6项关键技术领先国际
现场应用填补了国内油田服务在该领域的空白

此“璇玑”，二八年华、美若仙子、身价逆天
一顾足以倾人城，再顾尚能倾人国，实乃“天之璇玑”
截至2021年12月，为我国节省油田勘探开发成本近40亿元
获得“制造、销售、服务”直接经济效益100亿元
实现油气增产901万吨油当量，价值249亿元
成果应用新增油气发现16780万吨油当量，价值4649亿元

尚捷，慧心巧思、书生意气、挥斥方遒
十六年安于一隅，专注做好一件事
带领技术团队守得铁树开花、铁杵成针
“璇玑”初成，尚捷研得一套哲学意蕴的秘籍：
“在质量的比拼上，只有直线超车，没有弯道！”
“缩小故障圈就是拓宽成功面！”
“商业化应用作业才是‘璇玑’真正的战场！”
“我们在技术成果产品转化能力上存在数量级差距！”

2020年，尚捷被授予“全国劳动模范”荣誉称号
中国版“车库传奇”被新华网、《工人日报》等媒体深度报道
2021年，庆祝祖国改革开放40周年大型展会上

“璇玑”系统与国产大飞机C919、“天宫一号”相映生辉
2022年，我国首条“璇玑”系统智能化生产线落成
“璇玑”智造链前景广阔，产业规模无可限量
成绩面前，尚捷以及“璇玑”科研团队足够清醒与自信
他们绘就一张草图：国际市场同台竞技，展示“璇玑”东方神韵
他们谋定一版规划：担纲核心技术先锋，打造全球研制体系
他们营造一个梦想：持续升维油田技术，支撑国家创新战略

之二　梦圆 LNG

姜夏雪　张沃野　杨春艳　高　歌

那一年，独具慧眼的中国海油率先进军LNG行业
瞄准LNG产业链条的关键切入点——接收站
汇聚合力使大鹏和福建接收站携手矗立在祖国的东南沿海
宣告着中国海油为国家LNG产业发展拓土开疆的壮志雄心

那一年，我们对接收站建设和运营的认识才初起步
产业链全部技术更是被西方牢牢锁住
核心技术的缺失让产业的发展一度陷入了迷途

那一年，集合精锐力量攻破“LNG关键技术”迫在眉睫
气电集团技术研发中心应运而生、扛下大旗
正式开启了我国LNG自主核心技术攻关的破冰之旅

产业链的关键在接收站，接收站的关键在储罐
研发中心工程应用技术研究所党支部痛下决心
誓要实现“LNG储罐中国造”
这个当时看起来几乎不可能的目标

怕什么白纸一张的当下
共产党员拥有的不正是一次次书写奇迹的基因吗

怕什么初出茅庐的青涩，
青春的另一个名字不正叫作无所畏惧吗

于是，身上流淌着红色热血的他们
平均年龄不足30岁、总人手不足30人的他们
技术、经验、资料全部为零的他们
“小米加步枪”毅然奔赴LNG产业技术自主化的艰难战场

他们要在白纸上描绘的
不是一个点、一条线，一次突破、一项成果
他们要擘画的
是从攻关、落地到拓展、升级的宏大蓝图
始终走在最前，始终围绕产业，始终保持引领
这是他们自创新事业开启之初就坚定奉行的准则
这是他们立志造中国储罐之初就已然规划的布局

正是那一年，入职仅2年、不到28岁的张超博士
在一众专家、多方质疑面前押上所有
掷地有声立下“不成功就辞职”的军令状
他们誓要打开储罐自主技术的“黑匣子”

当时的国际液化天然气技术
是已被美、德、日、韩死守了60年的版图
设计，没有国内自己的标准
文件，没有确定的参数取值
计算，没有借鉴的模型建立
施工，没有成熟的作业方案
技术攻关的起步，便已是举步维艰

工程所党支部的青年干将们却说
不怕，没有枪，没有炮，我们自己造
从此，我们筚路蓝缕，身心投国
把自己的一切献给了钟爱的事业
用一点一滴的星火汇聚成足以燎原的力量

皎洁的月如一只银色的舟
澄澄清辉照进芍药居的窗
一堆堆标注着五颜六色的文件，被翻得破破烂烂
一沓沓被推翻的计算报告，不断叠高、不断降低
静静的夜里键盘敲得嗒嗒响
每一次的跳动，都在诉说着不屈和倔强

技术攻关的扛旗手科研冲锋
后有项目推广的主力军苦寻市场
数不清多少次从早到晚等在业主办公室前
也记不得多少次当天往返飞在项目各地
当天津两座3万方储罐被拿下的捷报传来
第一代自主技术必须尽快破土而出的钟声被敲响
所有人神经紧绷，全员加速，集中办公，不舍昼夜
终于提前半年高质量完成了集团公司的课题验收
为技术的第一次落地赢得了宝贵时间
当零下162℃的低温，缓缓流入国产3万方全容储罐
罐体安全！运营稳定！
工程所用优异的成绩
让国外专家口中的“谈何容易”变成了“真不容易”
挣到了一张冲击国际低温存储技术领域的入场券

就这样满足了吗？肯定不！
从3万方、16万方、20万方、22万方
到如今全球最大27万方LNG储罐[1]落地盐城“绿能港”
并进行全球首次3座27万方LNG储罐同步升顶
他们不断在突破，在挑战极限，越是艰难越向前
一次次冲刺成功后，又一次次再想超越
从无人问津的初生小卒，到竞争对手叹服的行业大拿
带着赤子的热爱，迎来中国海油登台的新时代

现在，全中国约一半份额的储罐设计都出自他们之手
两万多根桩基，就像大地深处的卫士
保障着国家近三亿人民的用气安全和稳定供应
气电集团工程所党支部服务到位、技术专业的形象
没有经过刻意的宣传，却经业主们传播、扩散
在LNG领域立住了口碑
也在全球叫响了中国品牌

一个个云淡风轻，滴水穿石的故事
道出了前进背后的艰辛和力量
逝者如斯，岁月更迭
一代代的年轻人不断崛起
薪火相传　生生不息

他们从不曾停下脚步
一步一个脚印践行着我们最初的誓言
自主设计的世界最大27万方LNG储罐成功落地
即将刷新全球纪录的30万方储罐技术攻克在即
中国正式进入低温存储技术领域强国之列

❶ **27万方LNG储罐**
中国海油盐城“绿能港”拥有6座全球最大27万方储罐。

中国海油 LNG
CNOOC
中国海油 LNG
CNOOC TK-T-02

十三年前我们畅想的宏大蓝图
已经描绘出清晰的轮廓，填充上明亮的色彩

他们也不曾忘记仰望星空
始终朝着更强、更新、更尖端不懈奋进
大型化、差异化、新型化低温储罐
数字化、智能化、零碳接收，
我们轻蹄快马，疾驰在征服的路上

今天的科研之巅，可能只是明日的山峰
潮涌催人进，风正好扬帆
此时此刻
他们再一次扛起科技自立自强的重任
握紧新能源时代的接力棒
承先辈之志，葆奋斗初心
风雨兼程，无畏前行
以年轻的名义

之三　智能油田

詹燕民　杨海滨

创新驱动　创造卓越

当信息时代的浪潮翻涌起苍云下的海面
该如何战涛御浪　无惧骤风催磨？
是墨守成规　抑或拥抱挑战？
汇聚新一代信息技术为传统能源行业
注入发展动能
打开无限可能

在国资委要求加快推进国有企业数字化转型之际
在国家“促进数字经济和实体经济融合发展”的战略下
中国海油提出以“智能油田”建设为突破口
探索智能化发展新征程

将“云大物移智”的技术精髓融入老油田
打造“智能、安全、高效”的新型海上油气开采运营模式
在我国海域重塑现代化、数字化、智能化的新油田
智能油田扬帆奋楫、逐梦而生！

智于操作　控于无形

雪湮没视野　冻伤大半海面

海冰生长攀爬　推挤着立足之地
恐吓我们的脚步　停顿平台上的生活
囚禁油井生产　形成时间孤岛
禁锢整个油田
可油田战士个个都是一副钢铁身躯
怎会退缩?

风卷袭目光
锤击整个渤海湾
台风凛冽嘶吼
摧残着海浪飘摇中的平台　直逼舷外重大高风险作业
油田战士们身手矫健　绑扎固定设备防风防雨
他们效仿着当初那些掌舵者
以前人闪亮的航标做行动的导航
如同乘着那艘南湖红船　战风斗浪　从嘉兴到渤海湾的咆哮
这条属于我们自己的航线永远指着太阳的方向!

这样的惊心动魄　时时都在油田上演
在没有挡风墙的生产区走上一个小时
凛冽寒风使再厚的棉衣都被吹透
被棉工靴保护的双脚也不听使唤
尤其在外输作业时　员工至少要在现场轮流值守4个小时

即便他们再英勇无畏　可他们是血肉之躯并非钢筋铁骨
坚持住!

北抗冰　南抗风!
南海东部海域夏秋季节台风频发

海风呼啸　暴雨坠击

为确保人员安全　生产有序
海上作业人员“应撤尽撤”
多少次在风暴逼近时众人战风斗雨

晚一秒　就能多产一秒
一次撤台　至少停产3天

这时候
“台风模式”远程控制生产来了！
陆地远程遥控海上设施生产
工艺、机械、仪表、电气、船系、安全、环保、通信、水文气象
各系统熔炼　锻造一把锋刃
从油藏到采油开采、生产全流程系统
一剑突破　无惧风雪

这时候
天眼来了！无人机凌空而起海上状况尽收眼底
应急物料飞越浪潮　哪里有需求天眼即刻应答
海管海缆天眼巡线　火眼金睛辨明隐患
陌生船舶驶入　天眼发声　空中喊话驱离
飞天所指　再无迷津

这时候
钢铁的平台活起来了！
上百个智能摄像头海上远程高清视频传输配合巡检
应急时刻便是

洞若观火　明目百双

这时候
科技肌骨的巡检机器人来了！
激光与视觉融合导航　动态规划行走路径
可见光　热成像　机械手臂　操作配电盘灵活精准
灵敏感知有害气体　放电信息　保卫人员安宁
不惧风雨颠簸　无畏骄阳似火

一个个UWB定位手环佩戴在手
一键预警、电子点名、实时确定人员位置
是紧急情况发生时的救命环！

达到全海式海上油田“无人化”生产运行与应急指挥远程联动
台风再也不会成为影响产量的阻碍
战天斗海　海油人再下一城！

曾经
有一个“平衡”很难拿捏
风来冰来　人员撤离早　生产受影响
人员撤离晚　安全大似天
如今智能油田全方位联动
陆地操作人员能实时操控海上生产平台的运转
实现远程油气生产作业　大幅降低海上作业风险

曾经　蹚风冒雪　人工巡检排查漏洞
如今在距离海上百里的陆地操控中心
3D模型虚拟巡检、AI视觉识别完美再现平台现状，管线、阀门分毫毕现

全面感知　远程操控

电泵故障率大大降低　提升酸化效果并且主动维修　减少躺井时长

曾经　现场发现电泵故障

反馈陆地专家分析　修井等待时间平均20天

作业耗时7天　影响产量640方

如今虚拟计量、智能洞察、实时预警

故障超前预测

及时调参避免故障发生或主动检泵减少停井时间

曾经　耗时385分钟才能完成油藏潜力研究

如今融合了8位10多年工作经验的专家知识

沉淀为35类智能算法和12类自动流程

自动发现　智能推荐　研究过程仅需15分钟

提高研究效率　降低研究成本　提升措施有效率

君子善假于物也

台风模式作为海上油气无人化生产的先行探索

“智能”并不止步于此!

借助稳定的传感器和操控系统

一套三级联动的平台应运而生

字节在海底光缆穿梭　微波在浪尖上起舞

每一口油气井的产量　每一个分离器的压力

从海上的设备出发

滴答滴答　那是字节跳动的声音

哗啦哗啦　他们组成了悦耳的溪流

浪腾奔涌　最终汇入“数据湖”

信息技术让四大海域真正实现了“万物互联”
在这“最强大脑”的操控系统下分析、协同、监控、决策
如身使臂，如臂使指！

2021年10月台风模式首战台风“圆规”
挽回产量10万余桶，创造经济效益约 5300万元
“查帕卡”“暹芭”“木兰”……关关难过关关过！
2022年8月鏖战“马鞍”正面袭击，
南海东部油田有效挽回了1.74万吨的原油产量
创造经济效益8700多万元
未来，不止于此

100至250公里的大海深处
他们以源源不断的油气资源保障国家能源供应
用自己独特的方式守护万家灯火！
秦皇岛32-6智能油田建设（一期）成果
入选首届中央企业数字化转型十大成果。
自400余个参赛项目中脱颖而出 排名第一！
通过该项目形成了8大核心技术 突破3项卡脖子技术
初步形成可复制推广的海上智能油田端边云全栈式解决方案
为智能油田全面建设和生产运营模式创新进行了积极有益的探索

南海东部智能油田示范项目
“运营一体化、操作少人化、生产智能化、决策科学化”
形成1套指挥中心和操控中心管理制度及组织架构
沉淀了11项核心技术
取得了34项专利、著作权
获得了19项可广泛适用的技术规范和成果

在我们心中　建设海洋强国是毕生信仰
智能油田建设仅是能源行业数字化转型的缩影
大象起舞的盛景未来可期！

你我立誓
要奋斗终身为推动海洋科技实现高水平自立自强！
桑田碧海须臾改
一场数智化的变革
正向油气行业奔涌而来
在万里大海上铺陈出新图景

赋能提质　贡献价值

凝心聚力、联合海油内外优势资源
日夜兼程、攻克多项疑难艰苦奋斗
迎全球能源行业新趋势浪潮
加快“绿色油田”建设
实现从传统管理模式向现代化、数字化、智能化跨越
严格落实中国海油“1534”发展思路
积极践行集团公司“创新驱动战略”
为碳中和规划赋能
助力我国全面实现“碳达峰、碳中和”目标
让智能油田为海上油田增储上产“加油”！

跨四海纵横　携睦邻同盟
发时代新声　圆强国之梦
我们看慷慨长歌看燎原星火
我辈当传承精神永不褪色

这是乘风破浪的年代
尽情去挥洒革命英雄主义情怀
众志成城去渡广阔滔滔
驯服那雪舞千堆沧浪
被赤灼梦想烫红眼眶
写下不泯然于众的斐然诗章
唯变不变　未来已来！
是化繁为简的洞见　是敢为人先的变革
八方凝力　燃启数字引擎
众手挥毫　擘画科技未来！

绿色发展

之一 碳路先锋

刘国芳

2006年6月28日
南海之滨，大鹏湾畔
碧水茫茫，海天一色
广东LNG项目一期工程正式投产现场
属于我国LNG产业的历史性一刻，诞生了
这一刻，中国海油进口LNG项目孕育十数年瓜熟蒂落
这一刻，中国能源发展的新篇章拉开序幕
这一刻，中澳两国时任总理共同见证
这一刻，中国改革开放又一成就举世瞩目

号角嘹亮，战鼓催征
国内LNG产业发展蓬勃而兴
中国海油LNG产业布局频频“落子”
以领军者的宏大视野谋篇布局
以开拓者的昂扬姿态领跑行业
气电集团肩负使命而生
绘就一张更完整更多元的LNG产业链版图

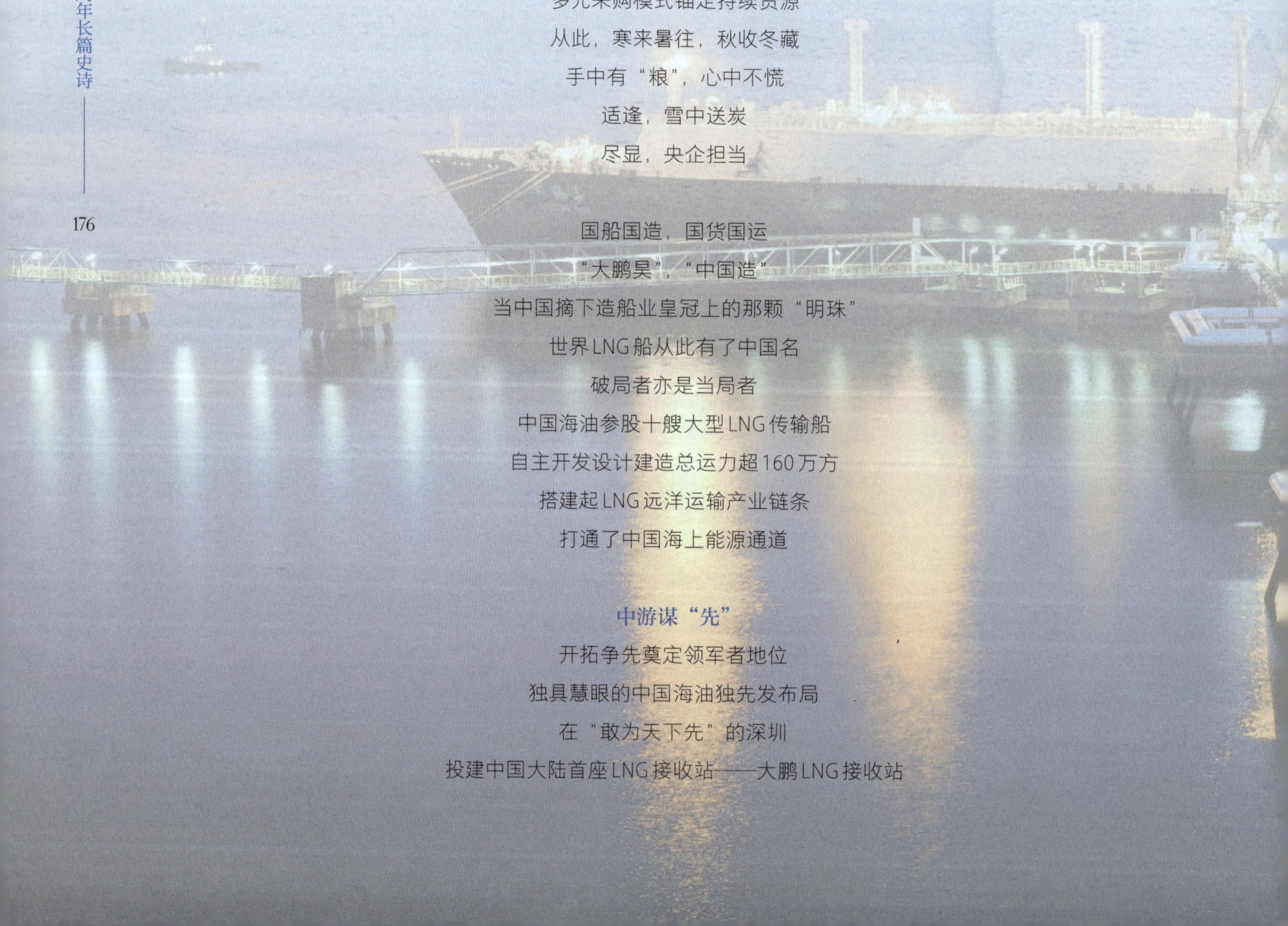

上游谋“定”

当目光落在打造海外“资源池”
投资柯蒂斯，诞生了中国海外
首个世界级煤层气液化制LNG生产基地
25%项目权益收入囊中
贸易协议灵活组合
多元采购模式锚定持续资源
从此，寒来暑往，秋收冬藏
手中有“粮”，心中不慌
适逢，雪中送炭
尽显，央企担当

国船国造，国货国运
“大鹏昊”，“中国造”
当中国摘下造船业皇冠上的那颗“明珠”
世界LNG船从此有了中国名
破局者亦是当局者
中国海油参股十艘大型LNG传输船
自主开发设计建造总运力超160万方
搭建起LNG远洋运输产业链条
打通了中国海上能源通道

中游谋“先”

开拓争先奠定领军者地位
独具慧眼的中国海油独先发布局
在“敢为天下先”的深圳
投建中国大陆首座LNG接收站——大鹏LNG接收站

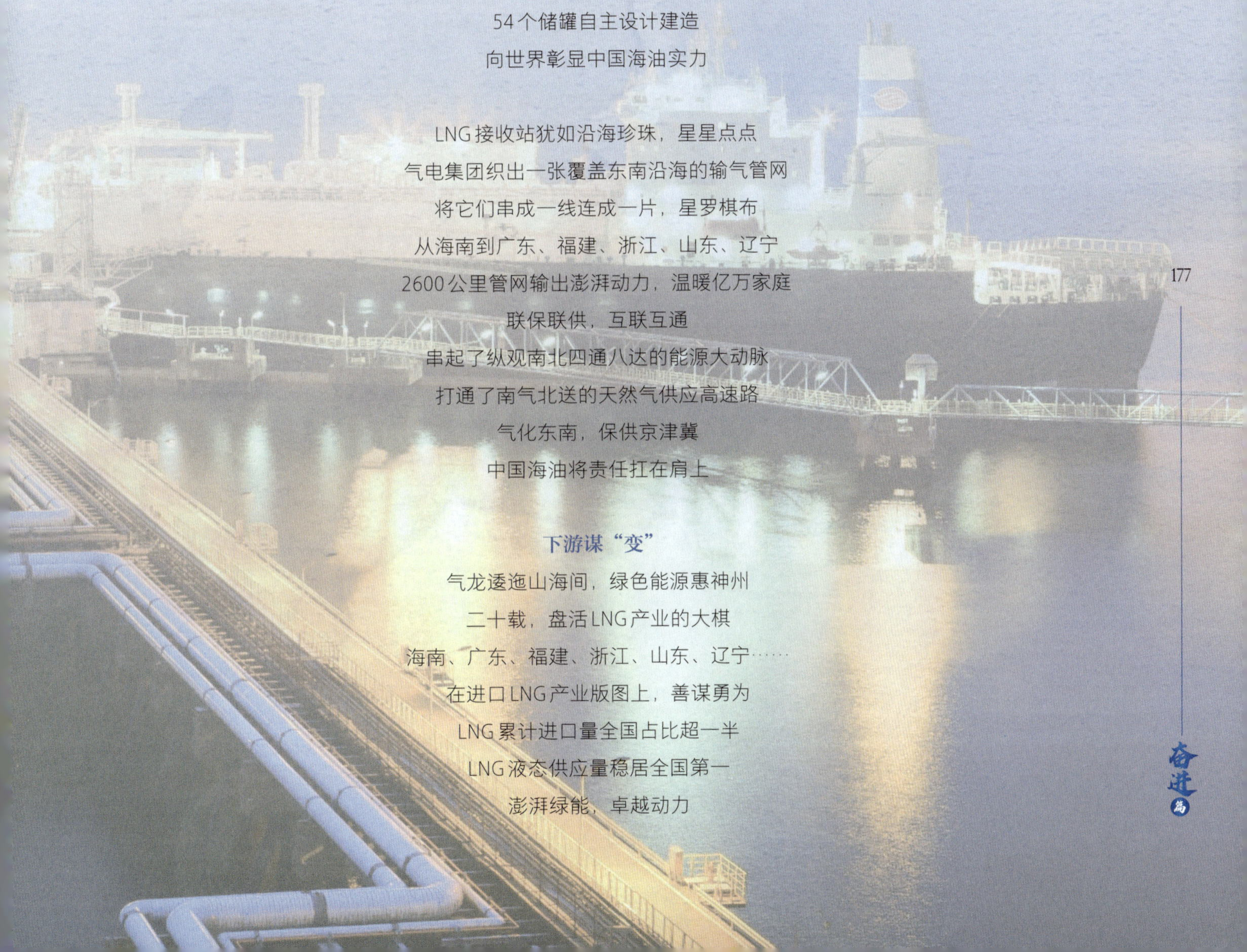

随后，福建LNG、上海LNG、浙江LNG……
一座座LNG接收站应运而生
一个个LNG储罐拔地而起
遍布东南沿海，辐射内陆
LNG储罐建设，如火如荼
3万方先起步，27万方已落地，30万方正攻坚
54个储罐自主设计建造
向世界彰显中国海油实力

LNG接收站犹如沿海珍珠，星星点点
气电集团织出一张覆盖东南沿海的输气管网
将它们串成一线连成一片，星罗棋布
从海南到广东、福建、浙江、山东、辽宁
2600公里管网输出澎湃动力，温暖亿万家庭
联保联供，互联互通
串起了纵观南北四通八达的能源大动脉
打通了南气北送的天然气供应高速路
气化东南，保供京津冀
中国海油将责任扛在肩上

下游谋“变”

气龙逶迤山海间，绿色能源惠神州
二十载，盘活LNG产业的大棋
海南、广东、福建、浙江、山东、辽宁……
在进口LNG产业版图上，善谋勇为
LNG累计进口量全国占比超一半
LNG液态供应量稳居全国第一
澎湃绿能，卓越动力

青山绿水，护一方云卷云舒
待，月落屋梁，看万家灯火起

领跑中国，也布局全球
昂首阔步挺进国际市场
织就一张全球贸易网
领衔国内企业向日韩泰开展LNG贸易
国际贸易量累计超700万吨
新兴LNG市场方兴未艾
气电集团嗅觉灵敏迅速入局
创新LNG罐箱新方式，挺进东南亚市场
开辟了国际销售新渠道

绿色电力，面向未来
从不畏惧开拓新领域
气电集团携手中山市政府重组中山嘉明电力有限公司
先人一步进军电力行业
开油气公司战略布局电力板块的先河
从中山嘉明到深圳电力、洋浦电厂、文昌电厂……
中国海油天然气发电控股装机容量位列全国前六
天然气发电带来绿色电能
剩余热能汇入供热管网
打造出健康绿色安全的产业链条

电力市场改革不断纵深
气电集团改革脚步不止
珠海电力率先试点智慧电厂项目
物联网、云计算、大数据、人工智能……

最前沿的信息技术与工业技术生产经营深度融合
赋能电厂成本控制利润提升
向“碳达峰、碳中和”汇入最坚实的海油元素

当行业发展日新月异
当天然气市场从蓝海转向红海
死守传统购销模式无异于坐以待毙
中国海油率先应变，再度开创多种商业模式先河

搭建LNG接收站共享平台
资源代采、船期协调、报关报检“一站式”服务
资源共赢，市场共享

开启“天然气线上直销”新模式
注册咨询、物流查询、气量安排“一站式”服务
覆盖27省份，全天不打烊

创造国内LNG多式联运先河
罐箱联运“一罐到底”，线上交易线下配送
“南气北运”打通海上通道

打开LNG加注业务新局面
“海气通”上线运营，加注产业“数字化转型”
车船加注安全高效，赋能绿色交通

20余年，中国海油领军LNG
深耕不辍，创新不止，与时俱进
未来，笃行不怠，以更加昂扬之姿，向前！

之二　逐绿新航程

柴　维

2007 年
中国海油在渤海湾
立起了中国海域的第一台风机
11月26日
在凛冽的海风里
长而莹白的风叶
轻巧转动
中国第一个海上现代化油田绥中36-1
看见了绿色风电
与黑色石油的巧遇

1.5兆瓦，1台风机
容量不大，规模尚小
渤海第一次见证了风电的美与力
海油人迈出了海上驭风的第一步
12年之后
绿色低碳发展的浪潮风涌而起
有着新技术加持的
新能源产业规模快速跃升
减碳、增绿的鼓点更急

2019年5月30日
一家小小的名字中带着风的公司　融风
满载着中国海油人对新能源的期待
在上海自贸港临港新区，注册成立
再度涉足新能源的海油人
首先把目光投向了风
在新能源赛道上
海油人开始“二次创业”

中国海油，晚了吗？
曾听到不少这样的质疑
在海油人眼里
太阳光赫赫
海面风犹疾
绿色发展的天地
阔而美
积聚了一纪力量的海油人相信
重上赛道
正当其时
心虽热，哨虽疾
步子却是稳的

坚定向前，稳健推进
目标定了
中国海油担纲新能源产业发展的生力军
探索碳利用与封存产业化发展的先行军
深远海海上风电产业的引领者
方向明了

海油人将

加快发展海上风电

择优发展陆上风光

探索培育储、氢、CCS/CCUS

推动发展多能互补综合能源供应

行动快了，步子大了

2020年9月15日

在江苏

中国海油首个海上风力发电项目——

30万千瓦的江苏海上风电项目并网发电

2021年8月28日

在北京

中国海油宣布我国首个海上碳封存工程在恩平15-1油田群启动

2021年12月16日

在广东

中国海油签署了第一笔总量达100万千瓦时的绿色电力交易合同

2022年4月13日

在北京

中国海油新能源分公司揭幕

……

海油人

坚定践行绿色发展理念

稳健从传统能源向新能源跨越

逐风

海油人首先看中的是

与公司业务契合度最高的海上风电

在海上乘风破浪多年

海油人早已熟知时而强劲凛冽、时而温柔和顺的海风

更清楚海上风电可能带给公司的广阔空间
发挥比较优势
才能培育好新能源产业
积极获取海上风场资源
稳步推进海上风电项目开发建设
探索试点海上风电为油田供电
推进海上风电规模化、效益化发展
于是
海油人迎来了第一次成功竞配
拿到了第一笔海上风电资源
启动了第一个深远海风电示范项目
……

驭光
海油人惦记着乡村振兴
把第一个集中式光伏项目
建设在已经缔结了深厚情谊的对口支援县市——甘南
在绿色的原野上
村民们可以如常放牧牛羊
海油人则用蔚蓝色的光伏板
采撷太阳的馈赠

浅海练兵急，发展收获丰
牛刀小试
海油人瞄准的还是那片深海
在那里，有着
更劲更稳的海风
更广更阔的绿色未来
起步时的

“融”字
仍然萦绕在海油新能源人的心底
融入责任
陆上风光，我们正积极对接乡村振兴战略……
融合主业
海上风电，我们正加快探索风+油气、风+气电……
融进新模式
综合发展，我们正研究推进海洋牧场、海岛供能……

入海
挺进深海
出征远海
“深海一号”凝结的不只是实力
独特装备、创新技术、宝贵经验、丰富资源
……
更有海油人对着深远海发力的
充足底气

在文昌海域
海油人用雄心“观澜”
这里，海面向上100米
海风常年以8.92米/秒的速度
从上空掠过
那12座以文昌命名的油气平台
海油人灵思涌动
推动油气与风电相融
于是
全球第一个“双百”浮式风电项目
开始从南海

崛起

2023年4月3日
海油观澜号
抵达文昌海域
与同样庞然的
平台们
欢然相聚
油气
深藏海底
海风
空中劲吹
200米高的海油观澜号
让海油人可以
放飞思绪
畅想
风与油再次相遇的
美丽

当海风呼啸而过
79米长的大风车转起
当纯绿的电光
照亮海底
每一度风电
每一滴原油
都将以海油人听得懂的言语
完成他们对彼此的致意

在今后25年的岁月里

海油观澜号将与文昌平台一起
在海面上
遥遥相对
共历海浪、暗流、风雨
再在风与油产生的
光与热里
紧紧相依

在大亚湾
海油人让岸碳“入海”
加速成长的惠州
有着富集的碳源
资源丰饶的珠江口盆地
有着广阔的存储空间
海油人匹配源汇
全国第一个千万吨级海上CCUS项目
正在富足的大湾区
落地

二次创业的征途上
旌旗猎猎
驭风
逐光
减碳
增绿
探索
引领
走向胜利！

之三　奋进在绿色发展新征程

张　阳　任发林　王　璇

14年前的初夏，微风中夹杂着甜
旧时南海大亚湾畔的小渔村
如今，已然是钢铁长城般的现代化炼厂
毅然矗立在流英铺地的石化大道两旁
敢于争先，敢于争先！
炼化儿女不惧困难、艰险
国内首个单套千万吨级海洋石油炼厂落地、投产
成功的喜悦，似清荷般娇艳
清洁的油品，走进万户千家
成功谱写中国海油首次进军中下游产业的新篇

新发展，新理念
学习贯彻习近平新时代中国特色社会主义思想是关键
伟大的理论需要实践
推动高质量发展，刻不容缓
绿色发展，自然为先
尊重自然、顺应自然、保护自然
和谐共生才是唯一的答案
节约优先、保护优先、自然恢复
十二字方针应当时时了然

始终心系人民的党啊
改善民生、造福人民的初心和使命从未改变！

忆往昔，中海炼化耕耘炼厂10余载
时值绿色发展理念初登场
编计划，出方案，埋头干
绿色低碳，助力发展
减污就是降碳
惠州石化控含水、鉴污泥、强分类
减少危废近三成
大榭石化五期项目忙
工艺优化，发热发光
直线锐减80万吨低碳排放量
绿色产品人人赞
中捷石化摇身一变
首次产出国六燃油
畅销京津把名显
特色聚丙烯供货至雄安
支援雄安新区建设谱新篇
低碳技术研发引领绿色发展
灯火摇曳，大亚湾畔
海上CCS/CCUS集群项目研究
如日中天
千万吨级，全国领先
十年磨一剑
碳减排、碳中和技术研究继续向前
火炬气、放空气
高效回收，污染直线锐减

管控碳排放，管理碳资产
双管齐下，节能低碳
打好蓝天保卫战，不负好韶光
惠州石化真有方
深度脱硫、除尘改造、尾气脱臭、低氮提标
二氧化硫、氮氧化物、烟尘排放指标10年降九成
大榭石化攻坚忙
废气终是无处藏
未入大气已消亡
源头治理筑高墙
一罐一策露锋芒
中捷石化低碳排放亦有方
清洁燃料升级项目投产显光芒
绿色冬奥添助力
中捷石化高品汽油抵京把名扬
中沥公司锚定“双碳”目标不放松
7项节能技改项目已完工
节煤减碳很轻松
扎根渤海、黄河交汇处
低碳发展工作持续推进中
舟山石化低碳排放出妙招
移动环保设备首秀领风骚
助力检修大有益
厂区有机废气无处逃
能源结构清洁低碳化，再创辉煌
惠州石化绿电购买颇疯狂
完成一亿千瓦时绿电交易量
中捷石化快跟上

太阳能光伏发电项目眼界长
绿色发电，自给自足是良方
碧海亦有为
惠州石化敢担当
废水分级指标严控制
废水回用率亦增长
领先行业，无限荣光
玉宇净无尘，炼厂好气象
君且看
惠州石化多年付出有所成
参评广东省环保信用评价
连续7年绿牌炼油厂
绿色生产，绿色检修
第四批国家绿色工厂美名扬
大榭石化环保治理有良方
舟山石化高调紧跟亦不让
双双入选浙江省无废化工厂
净土保卫势必行，炼化儿女聚合力
加油站，双层罐，双层管
预防油品泄漏最有力
防渗改造创佳绩
净土之行阻且长
固废治理必有方
舟山石化勇担当
强化危废管理显锋芒
惠州石化亦不让
危废治理亦有方
年降一万吨危废产生量

浩浩兮沧海无垠，澹澹兮清波斜阳
以奋进的名义，吹响绿色的冲锋号
炼化各所属公司响应号召
保护环境路非遥
净海净滩行动早
大亚湾畔，净滩志愿服务如浪潮
惠州石化积极参与热情高
海滩净，不辞劳

大榭石化开展跳蚤集市活动很热闹
以物易物，旧物新用，变废为宝
中沥公司“蔚蓝力量”志愿服务做得早
捐书助梦，生态保护，清明祭扫
母亲河畔，8年投身公益环保做得好
何为绿色低碳发展？
蓝天、碧海、净土
中海炼化给出了最佳的答案

古人云，谋定而后动
习近平生态文明思想精深博大
炼化公司绿色发展离不开远景规划
顺应洪流
可持续发展理念已然无法满足当下！
顺势而上
绿色低碳发展才是当前最大的赢家
当此之际，中海炼化于2019年发布绿色发展行动计划
方案施行之日，绿色发展从此遍地开花
君且看
集约化发展站位高
能效水平及资源利用水平同步再提高
绿色发展，事关重大
降低生产过程污染排放水平必不可少
晴空万里流云散
碳排放管理水平要提高
绿色工厂建设必须要
环境友好产品开发也需早
绿色供应链很重要

中海炼化绿色发展规划站位高
待到山花烂漫时
累累硕果必有朝

再回首
已然走过匆匆10余年
中海炼化始终力求绿色高质量发展
绿色，是4月早天里的云烟
纯净、清澈而悠远
绿色发展，是环境保护屏障强有力的杀手锏
立足长远，国泰民安
绿水青山，就是金山银山
保青山绿水，发展和环保两全
中海炼化迈进新征程
矢志不渝践行习近平生态文明思想
将绿色低碳发展装入过程发展的行囊
擂鼓扬帆，继续远航！

之四　低碳密码

谢　莹

22年前，为了进一步延伸下游产业链条
积极消纳东方、乐东气田天然气
中国海油在海南东方迈出坚实步伐
探索一条生产绿色化肥的崭新路径
20年弹指一挥间
如今的中海化学富岛公司作为工信部首批绿色工厂
“绿”潮涌动、芒果飘香
4套装置巍然矗立，连接着海上滚滚气龙和神州万顷粮仓
“绿色低碳”成为发展的生命线和底线
为合理降低生产用电率
我们探寻出了一条可行路径——
合同能源管理模式
为持续降低氮氧化物排放
我们加快推进国产化设备应用
为引领绿色检修无污染
我们引进了专用零件清洗机
驰而不息、久久为功、逐绿而行
甲醇装置连续11年蝉联行业能效“领跑者”
化肥装置连续2年蝉联行业水效“领跑者”
志不求易，事不避难

2020年，化肥一期燃气轮机更新改造
国外技术团队受疫情影响无法到厂
困难面前，我们主动攻关燃机技术新领域
技术壁垒挡不住我们攀登高峰的坚定脚步
改造后的燃气轮机迸发出澎湃动力
为化肥一期322天打破自身长周期运行纪录提供了坚强保障
长周期运行佳绩频传、新高屡创
2021年，甲醇一期和化肥二期装置分别实现长周期连续运行674天和629天
双双创造国内同类型装置的长周期运行新纪录
为国内合成氨、甲醇装置长周期运行树立了新的标杆
4套装置的高效运行，我们精心护航
粮食安全和能源安全，我们全力保障
2022年，化肥二期二氧化碳压缩机透平突发故障
面对“暂停键”，我们第一时间吹响抢修“集结号”
夜奋战，拼时间
仅用55个小时
高质量完成机组解体抢修任务
在行业内创造了最快纪录
这是属于我们每个海油化肥人的荣誉勋章
乘着海南自由贸易港的春风
绿色低碳生产，守好“粮食饭碗”
我们矢志不渝，步履铿锵

银塔矗立，头顶的蓝天白云飘飘
罗带河旁，东方石化的生产装置闪着耀眼的光芒
我们拥有国内首套DCC催化裂解装置
以及中国海油首套丙烯腈联合装置
努力攀登精细化工技术前沿

丙烯、液氨、甲醇在我们手中又进行了转换
提高产品附加值，继续延长产业链
助力东方石化转型升级实现
我们用环保低碳的理念在祖国的最南边展翅翱翔
循环水系统节能优化，降温效果好，节电又环保
雨水回收再利用改造，循序渐进，节水创新高
污水净化后绿化，净化再利用，治污效果节节攀高
空压机导叶国产化，降低维修费用，保证平稳成效好
污水增设预处理，异味消除，改善环境众说妙
我们增上脱硫脱硝
开展LDAR监测
新增16项节能低碳技改技措
累计完成1515吨碳排放减排任务
我们为守护海南的碧水蓝天、守护海油的蔚蓝默默奉献
未来，我们要以环保至上、节约优先、绿色发展的高标准要求自己
继续提高环保水平
持续开展节能降耗
全力降低二氧化碳排放
为国家完成“碳达峰、碳中和”这一伟大目标
奉献全部力量

沉寂了亿万年的大山，伴随着隆隆炮声，迸发出一声惊天感叹
传送化肥的皮带和铁路，犹如飞腾的蛟龙，翻滚着欢快的舞曲
根植矿肥一体产业的大峪口公司
犹如一颗明珠，镶嵌于荆楚大地
点石成肥，播撒九州
富饶中华大地，造福中国农民
肩挑化肥保供稳价重担

我们开足马力精心组织生产
作为增值肥料的创造者
我们积极推进产品转型升级
全力保障“粮食的粮食”安全
在这里，我们融入中心，创新实践
用双手创建国家绿色矿山
在这里，我们踔厉奋发，笃行不怠
用汗水播撒生态环保肥料
磷资源梯级利用、磷铵装置零煤耗运行、产品结构转型升级优化
在这里，我们节能技改、节能管理
用实际行动践行绿色低碳发展战略
综合能耗逐年降低，温室气体排放量降幅超三分之一
在这里，我们玩转“碳”交易
为应对气候变化、减缓温室效应贡献价值
无论是在深入地下300米的矿井
还是在机器轰鸣的生产车间
一面面党旗和青年先锋队旗
始终在生产装置现场迎风飘扬
我们将在平凡岗位耕耘出不平凡的实绩
在建设“四个中心”的征程中绽放光芒

北国边城，银装素裹，华鹤公司是一座森林环绕的现代煤化工厂
煤头化尾，增值尿素，肥沃黑土大地，助力农业兴旺
扎根龙江，守护粮仓，端牢中国饭碗，践行央企担当
我们自律自强，筑牢了生产装置的安全屏障
我们不断进取，兑现了稳产保供的青春力量
我们攻坚克难，见证了扭亏为盈的历史辉煌
2016年4月，大力推进节能技改和工艺优化

生产装置“把脉会诊”保质量
循环水用量匹配优化、余压能发电、蒸汽梯级利用三管齐下
“稳扎稳打”挖掘装置节能降碳潜力
促进资源利用循环化
严控“两煤”指标、降低产品能耗
生态文明、可持续发展意识增强
生产有效天数和产量稳步提高
水处理系统优化提标减污，打牢绿色根基
复合肥项目开发减肥增效，实现增产增收
加快推进节能可控移热变换炉、尿素节能改造等节能项
全力冲刺行业1550千克标准煤/吨能效达标目标
2020年11月，华鹤公司合成变换管道裂缝“歼灭战”毅然打响
数九寒冬、零下30℃，焊接质量怎样保障？
向专家请教，头脑风暴让思想远航
给管线“穿棉袄、盖新房”
搭设“临时汽暖和防风帐篷”
从切割、打磨到组对、焊接和保温
一套5小时的组合力量
焊花飞溅、弧光飞翔
从日升到日落，5天5夜的奋战
三条裂纹完美消除保安康
2022年7月，似火的骄阳
开启了公司装置的检修项
青年突击队能打硬仗，斗志昂扬
把急、难、险、重任务放心上
装置设备前汗如雨下
即使灰头土脸、满身油污邋遢
也无所畏惧、镇定如塔

阀门调试、电缆接头细致观察
一台台设备焕然一新运行佳
诠释着精益求精和坚韧不拔
我们不惧炎热，查隐患、消缺陷
我们坚忍不拔、勤勉敬业、作风优良
我们攻坚克难、降本增效、奋发图强

海南八所港，一个四季如春、繁花似锦的海港
11台门机“顶天立地”
不费吹灰之力，搬动成吨的矿粉、煤炭
3艘全回转消拖两用拖轮，劈波斩浪
24小时恪守岗位，将万吨巨轮平安靠离
筑牢海上疫情安全防线，呵护码头安全发展
23台输油臂引领着，一汩汩欢快的油浆
注入工业园区的铁壁粮仓
在这里，我们革故鼎新
从人工挑担，到机械化装卸
从老化技术的淘汰，到创新技术装矿卸煤皮带系统的登台亮相
防风抑尘、自动喷淋、技改技措、国产化
我们追求卓越，精益求精
2021年，“拖7”轮舵桨组合油泵无输出动力
我们连夜抢修奔忙
狭小的舵机舱正“桑拿”着
终于在晨曦迎来胜利的曙光
2022年，全球首台套智能船用装卸臂在这里完成首船作业
填补了国内外行业空白
我们承载着崭新的希望和梦想
驶向浩瀚的海洋

傍燕山余脉，中阿公司眺海天共色
汇中外所长，成就南南合作典范
卅年间，内降能耗、外减排放
承载着企业对绿色低碳的追求与担当
湿电除尘项目马不停蹄
誓把排放物降到国标的百分之一
我们用科学有效的方式
让装置在城市里畅快呼吸
太阳能集热器贝联珠贯
以实际行动阐述环保理念
外接友邻蒸汽遍布管线
用合作实现低碳共赢发展
撒可富以绿色为本的思想
实现了对绿水青山的企盼
而今放眼
潭鱼空游，候鸟漫天
花园与工厂相映成趣
大秦线上火车交驰
向全国吟唱起丰收的乐章
离港货轮破浪扬帆
向世界彰显中国制造的形象

我们是中国海油化肥人
把希望播种在田野之上
采一束阳光，洒一片清凉
守望收获后的瓜果飘香
我们把理想播种在田野之上
抔一把泥土，握一缕芬芳

凝聚成心中不变的信仰

从长城内外，到大江南北

我们把优质产品送到田间地头、万家工厂

从此绿色在广袤的中国大地开始流淌

党员示范田、党旗下的农民会

随处可见的忙碌身影

正踩着泥巴　迎着朝霞

传播着绿色增值理念，手把手技术指导

用知识和热情

抒写着农民增收、农业发展、粮食安全的使命荣光

我们秉持着专业和责任

紧盯市场行情，把握时代脉搏

奋勇担当重任，持续创优增效

为打好稳价保供攻坚战、端牢“粮食饭碗”贡献坚实力量

党建红

高　歌

红船破浪
运筹了，一个红色理想
诞生了伟大的中国共产党
南湖船上的庄严承诺
始终不忘百姓的嘱托
是你，凌厉山河
挥将日月长明笔
写就百年不朽文
以伟大建党精神为源头
在波澜壮阔百年奋斗中
构筑绚烂夺目的精神谱系
在峥嵘岁月里，在波澜壮阔里
以磅礴领航之力
以历史智慧启迪
风雨之路，义无反顾
带领亿万人民，同心协力
谱写气吞山河的壮丽史诗
成就中国发展的壮美传奇

当灿阳跃出蓝海之上

迎风，党旗耀蓝疆
镰与斧，昭示锋芒
蛟龙入蓝海，红日照山河
应党旗之昭彰
伴华夏而成长
中国海油，自成立
沐浴党中央的深切关怀
诞生于我国经济建设的历史转折时期
成长于波澜壮阔的改革开放时代大潮
壮大于承前启后、继往开来的新时代
走过的每一步风雨路
都离不开党的坚强领导
从1982年国家第一次为一个行业经济立法
到大力支持海洋石油各领域对外合作
再到2021年“深海一号”超深水大气田投产
祖国960万平方公里土地，铺陈家国情怀
300万平方公里主张管辖海域，萦绕蓝色梦想

为党分忧、为国尽责、为民奉献
是铭刻于心的政治追求
是锤炼鲜明的政治品格
是坚定不移的政治忠诚
听党话，跟党走
筑牢党建之根
夯实发展之魂
中国海油不改其心、不移其志
将对党忠诚，不负人民的篇章
深深镌刻在祖国的蓝色国土之上

2012—2022，非凡十年
蓝海滔滔，心潮逐浪高
中国海油，擎旗奋进昂
强根铸魂，坚定信念
全面加强党建，秉持
一往无前的动力
团结奋斗的内力
开新图强的定力
引领保障高质量发展
做好党在经济领域的执政骨干
永葆“在经济领域为党工作”的政治底色

党的十八大以来，中国海油
旗帜鲜明，把政治建设摆在首位
“两个维护”更加坚定
凝心铸魂，思想理论武装不断深化
诚于心、敏于思、躬于行
建立“第一议题”制度
用好中心组学习“指挥棒”
深入推进“两学一做”学习教育
扎实开展“不忘初心，牢记使命”主题教育
学以悟道、学以致用、学以明志、学以修身
打赢新冠疫情阻击战，全身联动
迎大战大考急难险重，党员冲锋
用思想武器凝心聚力，共渡难关
全面贯彻“两个一以贯之”
把握党组织在公司治理结构中的法定地位
把握党组织在各治理主体中的核心地位

深入学习贯彻全国国有企业党的建设工作会议精神
大力推进党建与生产经营改革发展融合深化工程
推动党建工作从“有形化”向“有效化”转变
探索构建“一头两翼”监督工作格局
扎实开展“支部达标”活动
开创了公司党建工作新局面

坚持党管干部、党管人才原则，
选人用人，“德才兼备、以德为先”
大力推进干部人才队伍“3+1”工程
全面推进“1+4+N”三项制度改革
激励干部员工担当作为
方法灵活，激励约束并重
平衡监督，严管厚爱结合
队伍建设成效显著
夯基垒台，加强“三基建设”
基本组织织密建强
基本队伍全面提升
基本制度更加完善
战斗堡垒建强筑牢

正心启智，用好思想政治传家宝
正人心、聚人气、合人力
固本培元，扎实意识形态阵地
严格落实意识形态工作责任制
坚决收好网络意识形态阵地
奏响强音，构建大宣传工作格局
以“讲好海油故事，献礼建党百年”

励心动人，凝聚全体海油人精气神
以“两优一先”“深海梦”宣讲报告会
润心赋能，推进理论宣讲入心入脑
以“最美海油人”“海油楷模”评选
凝心铸魂，先进典型激发奋进力量
以“工建凝心、团建聚力、统战汇智”
聚心汇力，群团统战凝聚发展合力
坚定不移，纵深推进全面从严治党
从严从实，履行管党治党政治责任
落实“三项制度”，深化监督执纪
倡导“严实快新”，锻造巡视利剑
清醒强力正风肃纪，政治生态清明

烈烈如火党旗红
初心依旧，为你
矢志不渝，勤耕蓝疆
“深海一号”投产
中央领导，送来深切关怀
我们备受鼓舞、倍感振奋
新蓝图已经绘就
新征程任重道远
中国海油，一如既往
满怀豪情、昂首阔步
永不懈怠、一往无前
以党的旗帜为旗帜
以党的方向为方向
以党的意志为意志
带领全体海油人团结拼搏奋进新时代
为实现中华民族伟大复兴的中国梦而努力奋斗！

海油精神

单荣国

人无精神不立，国无精神不强
“企”无精神，散沙一盘
我们传承石油精神，赓续心灵密码
臂擎一架轰燃炬火，点亮海洋石油工业的希望
我们风展旌旗猎猎，浪逐号角连营
拳握一柄金色钻头，耕耘蓝色国土
我们任凭风阻浪打，何惧冰压潮推
胸揽一尊坚固钢桩，锚定海油人的精神家园

热风吹雨，浪奔潮涌
祖国蓝色海疆意象恢宏
怀揣使命、勇毅前行
海油10万之众全情奉献
海油精神[1]，发轫于20世纪60年代
一大批石油工人头戴铝盔、脚踩荒原
自带“石油精神”“大庆精神”“铁人精神”天然底蕴
从大庆、玉门、克拉玛依油田奔赴而来
一大批海军退役军人拂去征尘、吹响螺号
携带“忠诚、英雄、牺牲”军人品质
汇入我国海洋石油工业建设的历史洪流
共同铸就海油人“不怕牺牲、战风斗浪”的艰苦创业精神

[1] **海油精神（核心价值观）：爱国、担当、奋斗、创新**
“爱国”就是爱党、爱祖国、爱人民，是“为祖国加油，为人民争气”，是海油人的精神核心。“担当”就是要有“功成不必在我，功定必定有我”的精神品格。“奋斗”就是顽强拼搏、苦干实干、精益求精，是海油人“战风斗浪、与海共舞”的拼搏写照。“创新”就是追求卓越、解放思想、自我革命，是“敢为天下先”的精神。

中国海油成立之初，装备落后、管理粗放、资金不足
利用外资、巧借外力，走对外合作之路实为最佳选项
享有国家首次为一个公司制定政策的特殊红利
没有使用国家财政一分钱
独自完成企业发展资金的原始积累
通过文化交汇、观念碰撞、技术融合、能力提升
获得国际标准的海洋油气资源开发能力
快速完成海上重型钻探装备的更新迭代
创造了海油精神“双赢”“三信”的时代特质

中国海油，一个完整意义的国家队
敢于对标国际现代化石油公司
刀刃向内，开始一场“冒汗、流泪、滴血”自我革命
“三条线”分离，境内外上市，薪酬改革
厘清“油公司、服务公司和基地公司”的关系
国内，“三大跨越”纷至沓来
成功建成“海上大庆油田”
境外，中国近海油气资源合作模式推演国际舞台
一系列海外并购戏码轮番上演
这一进程，“容文化”魅力无限、“劳模精神”大放光彩
展示了“敢闯新路、勇担责任、善于学习、包容创新”精神风貌

中国海油深刻领会新时代中国特色社会主义思想
坚持中国特色社会主义先进文化方向
传承弘扬石油工业优秀的文化传统
守正创新“石油精神”的内涵实质
并融入新时代精神和新发展理念
赋予“爱国、担当、奋斗、创新”的新时代特征

爱国，是本心、是情怀，海油人不敢忘记
海油前辈俯身英冲井，铁盒捞油0.15吨
我国海上第一口石油探井“（渤）海1井”喜获国务院贺电
我国第一个海上油田“海4油田”累计试生产原油60万吨
如今，中国首个海上大型深水气田“陵水17–2”投产
“为祖国加油　为民族争气”
这就是中国海油的爱国精神，潮汐永动、天地可鉴

担当，是职责、是能力，海油人甘之如饴
海上大庆，中国海油奉献能源价值、厚植时代意蕴
屯海戍疆，中国海油每每钻探一口井，权作祖国的一块界碑
扶贫援藏支教，一桩桩、一件件，中国海油做深做精做透
国企“三大责任”，中国海油义无反顾、鼎力扛山
“功成不必在我　功成必定有我”
这就是中国海油的担当精神，奋楫逐浪、砥砺前行

奋斗，是奉献、是生命，海油人无怨无悔
破冰保船，海油前辈徒手扒冰、生死抗争
抢险救灾，党员骨干冲锋赴之、瘁力挽之
增储上产，一线员工青春执甲、汗水洗地
敷管铺路，海油儿女深海潜航、气贯长虹
瓶颈技术，科研人员殚精竭虑、闯关夺隘
“战天斗浪　与海共舞”
这就是中国海油的奋斗精神，撼沧海、泣鬼神

创新，是动力、是灵魂，海油人锲而不舍
三根铁管支井架、“两个筒筒”闹革命，海油前辈白手起家
拜滩涂、探浅海、闯深海、弄潮超深水，海油儿女志搏云天

浪花丛中筑海路，碧海深处建油城
“敢为天下先　争当弄潮儿”
这就是中国海油的创新精神，将无数“不可能”变成“可能”

拜读海油历史，传承海油精神
几多感人肺腑，十分精彩绝伦，万千传奇故事
李纪扎、刘桂芝、郝振山、屈长龙、侯静、刘克建、白登文
一众“劳模、先锋、最美海油人”纷至沓来
他们闪烁海油精神的光辉，总能穿越时空的阻隔
他们迸发海油精神的伟力，总能带来心灵的震撼
我们聆听历史的回响，触碰时代的脉搏
我们感受火炬的温暖，迸发钢铁的力量
秉承新时代“爱国、担当、奋斗、创新”的海油精神
感悟精髓，培根铸魂，接续奋斗！

之一　徒手扒冰逞英豪

单荣国

帷幕轻启、海门洞开
鸥鸟翔集、浪花昙现
航笛闹海、海螺催征
李纪扎，海油之子荣耀登场
头戴狗皮帽，堪与井架试比高
脚蹬铁头鞋，万仞冰山潮水般溃逃
身穿道道服，石油的温度驱赶北风呼号
他以“劳动英雄”模样，矗立海油历史扉页
向我们招手相告：劳动创造价值　英雄出自平凡

20世纪60年代，一群海军军人复员进厂
军帽换铝盔、戎装改工装
螺号替军号，井队似军队
组成我国第一支海上钻探队“3206钻井队”
平均年龄24岁，年轻恰如早晨八九点钟的太阳
党员超过半数，基因红似早晨八九点钟的太阳
他们肩扛行军床，“干打垒”里入梦乡
他们自带炊具，一日三餐守井场
李纪扎，中国海油早期的一员闯将
参与我国海上第一口探井“海一井”的勘探
居功至伟，可敬可赞

浮筒、驳船外挂井架、水泥钻井船
“旱鸭子”多种方式下海打井未果
海洋勘探指挥部决定建造“1号平台”
渤海海面，4个小导管架合成平台基座
300吨平驳载重，15吨红旗吊车移物
平台甲板，手臂搅拌混凝土，嘴巴虹吸多余砼水
简陋的生产工具、开天辟地的大创造
我国第一座海上桩基钢结构导管架平台矗立大海

1966年12月，李纪扎与10余名队友组成安装小组
攀缘绝对海拔高度，为“1号平台”安装井架
井架，大写的人字钢结构
拧上去，他就是一颗永不生锈的螺丝钉
焊上去，他就是一根永不弯曲的工字梁
6个昼夜，祖国蓝色国土生长出第一尊井架
“从0到1”，我国海上钻井装备实现伟大跨越

1967年新年钟声敲响前一刻，（渤）海1井正式开钻
当钻至1616米明化镇下段地层
井口返回岩屑被地气组捕捉到油气显示
他俯下身，翕动鼻翼
轻嗅岩心盒散发的亿万年烃类芳香
这一刻，李纪扎爱上了石油
石油，她和信念一样的味道

春风、夏花、秋月、冬雪
海洋、陆地，共同历经四季更替
流冰，却是关乎海洋石油人生命的危险存在

1969年，某个冰点子夜
冰魔拖曳白色线条疯狂雕琢辽东湾岸线
而后劫持整个寒冬，将渤海纳入势力范围
形成近1米厚、8万平方公里的超级怪兽
渤海湾内冰丘绵延，一派冰河景象
我国迎来历史第二次（首次为1936年）严重大冰封

春风徐来，冰层苏醒、咿呀作响
海浪打来，冰排破裂、倾轧挤压
潮汐涌来，冰魔逐浪、分崩离析
农历大年初一，无数百米见方的冰排涌向新建的2号平台
2号平台分设设备、钻井和生活3个小平台，其间栈桥勾连
冰排被导管架阻挡后叠压爬升，形成6米高的冰墙
导管架剧烈晃动，连接拉筋开始撕裂
3天后，生活平台不堪折磨倾倒海中

消息逐级上报国务院
周恩来亲任临时破冰领导小组组长
命令海陆空三军部队紧急驰援
天津市成立联合破冰指挥部协同抢险
海洋勘探指挥部组织抢险突击队
由“红救9号”转乘海军“216号”拖轮
以往常十倍耗时抵达2号设备平台
34位突击队员，李纪扎尤为醒目
他身形矫健，冰上搭人梯抢运物质
肩扛工字梁、钢管、扁铁，徒手攀爬导管架

12天抢险加固，2号设备平台看似固若金汤
水下导管架部分实则脆弱不堪

导管架材质为旧的薄壁螺纹管
无锌块防腐、无除锈刷漆，焊接质量堪忧
经冬冰流冲刷，基础结构完整性荡然无存
3月8日，再获一股西伯利亚寒流助阵
冰魔愈加狰狞猖狂，推挤平台接近倾覆的极限值
突击队员撤离到海军“216号”船的一刻钟
“轰隆隆”，2号设备平台步入生活平台的后尘
几百吨钢铁的躯体砸向冰山
火花四溅中，滑入大海的深渊
冰排合龙，平台瞬间影踪全无
眼前不真实的一幕令李纪扎恍如隔世
感觉冰魔剜去了心上最柔软的部分

指挥部急电：航向1号平台，力保不失
李纪扎擦拭泪水，再燃斗志
1号平台曾经飞出“一只报春的燕子”
将（渤）海1井出油的消息告诉北京
1号平台身下1616米深处蜿蜒着一条油龙
一旦挣脱束缚，灾祸冲天而起
1号平台38米高的“人字”井架
他将最结实的一根骨架搭建其中
1号平台不能倒塌，她是蓝色国土的独苗
亦是我国海洋石油事业的希望

海军“216”船进发途中遭遇浮冰阻击
任凭主机吼叫，排烟管烧红、螺旋桨飞转
船身仿佛被施加了咒语，不能挪动半步
天津市联合破冰指挥部安排直升机空投炸药包
航线上冰阵稍有松动，仍不放弃抵抗

见状，李纪扎一个跃身翻过栏杆
在晃动的冰排上扎稳脚跟
用手扒开碎冰，用肩推移冰丘
海冰划破双手，白色冰面开满红色花朵
冰排挤压下，一道道血凌子爬上双肩
海军官兵们肃然起敬，在船舱黑板上书：
“石油工人李纪扎，破冰抢险用手扒”

抢险队员和海军战士扛着钢管、拎着撬杠
效仿李纪扎纷纷跳下船，用血肉之躯破冰开道
经过4天艰难跋涉，海军“216号”船抵达1号平台
突击队员加固拉筋、补焊钢板，日夜不停
“海拖230号”“大庆22号”等船陆续赶来支援
中央破冰领导小组海军首长登临平台慰问突击队员
周恩来总理亲自安排石油专家现场指挥压井
冰魔不敢造次半分，油龙无奈潜回油藏
1号平台保住了！

蛮荒时代，祖先敬畏自然、规避虎豹、防范异族
科技爆炸时代，死神仍以千万种“变脸”隐藏周遭
李纪扎曾经与死神直接照面、对个满眼

1973年3月8日，塘沽海洋石油基地岸线
“二踢脚”激荡深空，欢呼声响彻云霄
我国自主设计建造的“渤海1号”自升式钻井船迎来处子航
时值美国租用“格洛马4号”钻探中国黄海海域大陆架
“渤海1号”钻井队员义愤填膺，握拳宣誓：
开好“争气船”，打好“争气井”

时光定格在1976年12月24日
“渤海1号”降船预备拖航回基地休整
4条桩腿拔离海底，死神御浪亲征
驱使9级大风猛烈摇晃船体
海浪拍击船体掀起巨浪横扫甲板
锚定船身的4只锚链仅剩西北向苦苦支撑

作为队长，李纪扎身先士卒、冲锋在前
数九寒天，道道服冻成冰甲
腰系麻绳，鲜活的生命、飘飞的风筝
他们突击甲板捆绑重物、匍匐船舷系挂缆绳
他们攀登悬梯抢修天线、下探桩腿固定插销
用血肉之躯保全共和国财产

死神催动狂风巨浪无数次撼动船身
250吨的1号桩腿屈服了，断成两截沉入海底
4号桩腿独剩1个插销羁绊，可谓“命悬一线”
滨海208拖轮极力套住这匹脱缰的野马
10多米落差冒险带缆，4根缆绳先后绷断3根
万幸，两条远洋轮赶赴搭救
李纪扎带领钻井队员与死神周旋6天6夜
博得“渤海1号”九死一生
带着满身伤痕靠泊“母港”休整，以利再战

“渤海1号”8年生命周期
打井22口，总进尺59194米
中国海油发展壮大的历史上
“渤海1号”功莫大焉

唔，浓墨重彩的一笔
当献给我们的劳动英雄——李纪扎

李纪扎曾是北方钻井公司掌门人
胸中，谋划周密、四海布阵
麾下，装备精良、雄兵赳赳
逢有钻井队伍出国作业
他列队相送，每人相配一朵大红花
殷切期盼大家顺利归来
遇有海上钻井作业险情
他率队抢险：党员留下，其他人撤！

有人称他“闯将”
他认为：劳动是海油人的天性使然
我们全是“闯将”
也有人说他“福将”
他理解：执行海油安全理念、尊重自然规律
福在其中，其乐无穷
还有人尊他是“英雄”
他反对：我很平凡，喜欢跑一线蹲基层
一线有海味油味，基层有活力接地气

大海、天空，蔚蓝是中国海油的底色
石油、火炬，红色是中国海油的基因
茧手、钻头，奋斗是中国海油的精神
徒手扒冰的勇毅，寒冬抢险的决然
砸铁留坑的汗珠，踏浪擒龙的胆气
以及一船又一舱、载浮且载沉的海油故事
全部属于我们的劳动英雄——李纪扎

之二　焊花绽放桂芝香

单荣国

回溯中国海油雄浑壮阔的历史
总有一些故事跌宕起伏、引人入胜
总有一些人物星芒闪烁、清晰如昨
刘桂芝，1971年参加工作
19岁成为中国海油第一批女焊工
电焊面罩下，时光静止、汗水流淌
焊花绽放中，灼灼其华、青春飞扬
半个世纪云卷云舒、花开花落
一茎桂芝飘香，抵达海油精神内核
以我们看得懂、学得会、悟得透的模样
在历史的经纬站成行道树、航标灯
风景自然、灯火深邃
被10万名海油劳动者尊为典范

两个筒筒始发家、三根钢管支井架
海油前辈依靠几把焊枪、几柄铁锤
上山下海闹革命、天南海北把井打
莺浅1井、英冲1井等，雨后春笋发端于南海岸边
曹1井、海1井等，渤海湾踩上几汪浅浅的脚印
这是海油大树初春的鹅黄

这是辉煌事业乍现的微光
海油前辈简陋打井方式
等于或大于现今的技术创新
如同刀耕火种、茹毛饮血的先民
钻燧取火谋温食，藏洞攀树避虎狼
足以相配我们的尊敬、崇拜

足够的渲染，只为引见电焊“女王”刘桂芝
喏，鹿皮手套、帆布护脖
身穿湛蓝色粗布工装
左手焊帽、右手焊枪
真真切切一副铁姑娘质朴而俊俏模样
墨镜呵护清澈的眼眸
刘海噙满劳动的汗水
面罩难掩秀美的脸庞
学啥她要学个明明白白
焊啥她要焊个结结实实
刘桂芝多了常人难以比拟的倔劲儿

自古铁与铁的结合，火是最好的熔剂
而当“电”成为熔解介质，即使焊面长满“瘤子”
我们依然“神迹”以待
犹记得，电焊工起早贪黑焊接的导管架
海水锈蚀两三年就骨质疏松，垂垂老去
甚至一场秋季风暴吹得平台东倒西歪
一场冬季流冰吓得井架咿呀作响

合格的焊工要蹲得住、稳得住、焊得住

师傅的话，她奉为职业“神祇”
焊接大型工件，蹲10小时马步她脚不挪窝
焊渣掉在鞋窠篓，皮肉吱吱冒烟她手不颤抖
电弧辐射、高温烘烤，额头真皮脱落她无所畏惧
高压罐舱、特殊材质等活计，她样样精通

1978年3月26日，《人民日报》刊发《真理只有一个》
同日，北京人民大会堂东大厅
中央政治局和国务院共同召开特别会议
听取石油工业代表团赴美考察情况汇报
“3·26”汇报会开启我国对外开放富有探索性的步伐
“海门”先“国门”向世界敞开
一大批海洋油气勘探开发合同陆续签订
海洋石油工业巨大的潜在工作量与日俱增
“强化队伍技能，提升工程质量”成为当务之急
领导层果断决策，投入500万美元培训电焊工

外国师傅教学时，刘桂芝琢磨门道
叠加法、画圈法、折返法，全凭手法变化
电弧焊、氩弧焊等，均需因材施策
靠着勤学苦练，一步步成长为同行中的佼佼者
经过专业培训，80余人获6GR国际电焊资格证书
专业化建造队伍引发技术变革、观念颠覆和思想革命
一支国际水准的油田建设队伍日渐壮大、渐成规模
刘桂芝，中国海油第一批女焊工
成为中国五种最高焊接技术“国际合格证书”第一人

精诚所至，金石为开

她代表中国女工参加日本举办的电焊大赛
凭着过硬技术战胜日本电焊国手
在国际擂台确立了中国焊工、中国女性的形象
颁发6GR国际证书时，主考官、ABS专家摩尔先生坦言：
“我走过很多国家，却不曾见过这样优秀的女焊工！”
日本专家竖起大拇指：“她的焊活儿可以免检！”

1983年，中国海油成立第二个年头
这一年，她在党旗下庄严宣誓
以党员身份融入中国海油对外合作的历史洪流
工地上，绥中36-1项目铸钢吊点遇到焊接瓶颈
她挺身而出，钻进狭窄空间“一枪”撂倒难题
高压低温储罐焊接工艺精细复杂，工程停滞
她艺高胆大，敢于揭榜、倾心破题
手握一把焊枪，她带头干、抢先干、拼命干
焊枪握得更稳了、技术练得更熟了、完成的任务更多了
这位党员“焊匠”全身心投入海洋石油事业的朴素实践

燃亮焊枪，她的青春年华闪闪发光
痴爱焊枪，她的人生拼图完美无缺
焊枪是她的恋人，电流声响宛如青春私语
焊枪是她的武器，可以战胜无数个黑夜
从渤海浅滩艰难爬行的简易平台
到第一个按照国际标准建造的埕北油田导管架
刘桂芝兼美海油焊工，恰似一只殷勤的血燕
衔来风骨、注入心血、赋予热望
精心雕琢一尊又一尊金属光泽的艺术作品

第一个10年，她年年是先进

第二个10年，她年年是劳模

第三个10年，教学相长、学行结合

职业生涯余后6年，桃李不言，下自成蹊

很难数得清，她点化多少吨焊条

烧破多少套工作服

送出去多少座钢结构物

培养出多少个徒弟……

焊花何须怯浪花，因由桂芝四海香

刘桂芝，海油历史上一名普通女工

全国劳动模范、三八红旗手、五一劳动奖章获得者

传承石油精神，提纯海油基因

被10万海油劳动者树为标兵，奉为旗手，尊为模范

之三　“海上铁人”郝振山

单荣国

温一腔赤血，填满胸豪情
面朝大海，依照铁人王进喜的模样
“石油工人一声吼，地球也要抖三抖”
之后，在“人”字井架下栉风沐雨、勤勉劳作
之后，驾驭“深海巨兽”找油打气、攻城拔寨
之后，三十多年“战天斗浪，与海共舞”
“海上铁人”锤炼成形、光彩夺目

20世纪70年代初
长江江滩，一座座钻塔穿云弄雾
参加石油会战的钻井工人忙上忙下
钻塔丛中，一架架芦席棚子随风摇摆
孩提之童麦苗拔节，四季疯长
郝振山做过一个有关石油的梦：
父辈们早出晚归，井场开满了向阳花

“上山下海、大战平原”的号角在渤海湾畔吹响
人拉肩扛，井队一夜清空几百吨物件
患有哮喘病的母亲不辞辛劳
一张行军床、一个木板箱，连同一个地道的石油娃
芦席棚子全部家当搬回山东东营

念完小学读初中，他突然就站在人生的十字路口
上高中、考大学，抑或上技校当工人
当然选择后者，郝振山预备三条说服自己的理由：
一是人随矿走，家在广东，户籍地尚在山东。他回不去！
二是爸妈年事渐高、身体欠佳、愁纹日深。他放不下！
三是早上班多挣钱，大学深造机会留给弟弟妹妹。他分得清！

1986年夏天，郝振山考进了南油技校
无人知晓为何选择最苦最累的钻井专业
缘起一张铁人王进喜的黑白照片：
脚踩茫茫荒原、身后井架等高
狗皮帽护耳、道道服裹身
手握三尺刹把、眼盯游车滑动
那股子精气神儿，一下子就闯入眼帘、映上脑海
急切地冲入血脉，且受用终身

20岁，郝振山走出技校，走进石油工人的队伍
在“南海六号”钻井平台当了一名甲板工
拜师学艺、钻研技术，钻工、架工、副司钻
他一步一步接近神圣的刹把

刹把？它是梦笔！足以书写人生
刹把？它是权杖！能够号令三军
刹把？它是撬杠！可以撬动油藏
“南海六号”司钻房刹把，犹如海市蜃楼
虚妄，不可触摸：三尺刹把攥在外国人的掌心

彼时，我国海洋石油开发蹒跚起步

油田开发采用“合同招标、合作打井”方式
“南海六号”作为国内最先进的半潜式钻井平台
司钻等关键岗位均高薪聘用外国专家

业界公认司钻手里三条命：井命、船命和人命
井命价值千万美元、船命几亿美元之巨
还有无法用金钱衡量的百余条性命
三命归一，被洋司钻攥在手里
郝振山觉得自己的眼睛揉进了海沙

“南海六号”甲板有足球场见方
舱室几百台套设备有序排列
锚链化身“八爪鱼”锚定海底
北斗卫星张罗零就位、万吨水舱吐纳稳身形
桩靴为底、航灯为顶，这是四十层楼高的钢铁怪兽
司钻操控钻头精确抵达岩层数千米目的层
操作不慎，极易引发井废、船毁、人亡等重大事故

20世纪末，看三年学三年、身旁师傅骂三年
哆哆嗦嗦干一年，十年方能磨一剑
海上平台司钻培养耗时之久、难度之大，业内无可匹敌
难怪外方尊奉司钻岗位为“众神之神”
作业间隙，司钻房宽厚的钢化玻璃上时常贴着一张稚嫩的脸庞
偷师学艺瞒不过外方司钻
他大手一挥，将郝振山赶出视界

郝振山自认凡人，一个有血性的凡人
能接住铁人王进喜握过的刹把，需置之死地而后生

用小本本记录仪表、屏幕的数值，独自验证哥德巴赫猜想
用眼睛观察泥浆液位高低、泵压大小、牙轮磨损，揣摩井壁性状
用触觉感知转盘震颤、钻具扭动、井架摇摆，跟钻头建立量子纠缠
用听觉分析引擎轰鸣、钻机嘶吼以及刹带摩擦，预判事故症候
用嗅觉感知橡胶煳味、振动筛雾气、油品气味，辨别危险源头
用心揣度司钻举手投足、刹把深浅以及口头指令，角色替换推演
他背诵近1600个钻井英语词汇，他偷偷翻阅钻井监督作业指令
他全身心投入，逐渐抵达“无我”临界状态
梦境变身一只合金牙轮钻头
飞速旋转着，一头扎进幽深的油井
吓得油藏安睡的“众神”侧身闪避、一片哗然

1994年，公司拟在内部选拔司钻
考场就设在“南海六号”钻台
郝振山刹把抬压稳、下钻速度快、游车操控好
况且井控检测技术过硬，突发故障判断准
外籍高级队长、中方总监双挑大拇指
他成为“南海六号”顶替外方司钻的第一人
从钻工到司钻，他仅用时4年
摸到刹把的那一年，郝振山刚满25岁
中国海油，又一茎小荷才露尖尖角

南海足够大，却难消“井蛙”之虞
郝振山有心走出去，到国际钻井市场打擂台、试身手
机会出现在2005年，郝振山调离奋战16年的“南海六号”
转执“南海二号”之牛耳，率队征战缅甸印度洋海域
中国半潜式钻井平台第一次亮相国外，输赢难料、生死未卜

擂台摆在闷热潮湿的孟加拉湾
“南海二号”抽到了“一加一再加一”的下下签
貌似合同“三联单”，脚下稍有“拌蒜”，直接“滚犊子”回家
另一艘外国钻井船拥有“3+N”友好合同，
日租金高我多倍，弟兄们颇感不公
郝振山信心爆棚：“要赢得尊重，就用实力说话”

首口井开钻就遭遇“地层松软”“高温气井”两大问题
如同长征路上同时面临“沼泽”“气老虎”双重威胁
甲方高薪聘请60多岁加拿大籍作业经理比尔坐镇指挥
见面第一句话“你是我见过最年轻的平台经理！”
郝振山预判了第三大问题：傲慢日深，隐患可见
“傲慢”是钻井安全生产最大隐患

一天，早班会接到作业经理一份指令
郝振山推断作业流程隐藏着安全风险
日后轻则中断钻进，重或引发事故
他登门推定因果，晓以利害
比尔脑袋摇成拨浪鼓，高低就一个音“No”
井钻到一半，“勿谓言之不预也”井底躺平
加拿大人慌了，凌晨4点电话铃哭腔闹醒郝振山
起床、叠被、洗漱，穿工衣、着工鞋、戴工帽
郝振山亲临钻台，无偿赠送一整套应对方案
“破解秘籍”保住了老比尔的退休金
也捍卫了“南海二号”海外清誉

2006年2月22日，“南海二号”提前10多天完钻
打出了该国历史第一口海上高产气井

随后承钻另两口井均获高产油气流
7万、15万、20万美元，日租金打着滚儿翻倍涨
擂台另一拳手事故不断、诸事不顺，被我平台抢了合同
就此，“南海二号”改写缅甸油气工业史
钻探事迹、作业雄姿被缅甸国家历史博物馆永久收藏
时任缅甸能源部部长称赞有加：“孟加拉湾的No.1！”

2010年，郝振山当选全国“劳动模范”
“劳动模范”自有不凡业绩
郝振山带领“南海二号”钻井300余口
总进尺超90万米，可钻穿百座珠穆朗玛峰
仅2006年，全船年产值3.6亿元、利润2.3亿元
刷新了我国钻井平台“日费率”“年收入”等多项纪录

2010年，郝振山获“海上铁人”荣誉称号
“海上铁人”的意志顽强，干劲冲天
曾经，一股冷空气突袭“南海六号”停泊的琼州海峡
海浪涌进浮箱敞口，刻意营造“船毁人亡”灾难场景
“跟我上！”郝振山第一个爬下悬梯
十几位突击队员在齐腰的海水中翻转腾挪、浪尖舞蹈
耗时4个小时封闭28个浮箱
颇有当年铁人王进喜跳泥浆池奋勇抢险的模样

2018年，郝振山当选第十三届全国政协委员
“政协委员”自当参政议政、民主监督
他携带“绿色发展”“和谐用海”等议题，积极建言献策
广泛调研，建议政府“搭建平台、因地制宜、产业造血”
郝振山职能履行快、提案价值高、群众口碑好

2019年，郝振山被授予“最美奋斗者”
“最美奋斗者”美要美得纯粹、奋斗就要义无反顾
郝振山将“战天斗浪、与海共舞”焊在钻台挡风墙
带领团队高效开发文昌、崖城、涠洲等油气田
“南海二号”打造成为钻井人才的“黄埔军校”
600余枝尖尖角的小荷移栽祖国四海，含深水人才120多人
一批又一批合格的海上石油人才星火燎原、接续奋斗

2021年，郝振山获“全国优秀共产党员”殊荣
“共产党员”要积极发挥先锋模范作用
新冠肺炎疫情突如其来，极大冲击海上石油生产安全
郝振山坐镇生产一线，死守防控阵地
从“组织、纪律、制度、资源”提供全方位保障
及时组建16支党员志愿服务队、9支青年突击队
维护了所辖片区的疫情防控形势

“战天斗浪，与海共舞”是高度凝练的海上铁人精神
是十万海油人共同的誓言和承诺
也是“爱国、担当、奋斗、创新”海油精神最规整的子集
我们的“海上铁人”荣誉等身，却不为所累
“为祖国加油，为民族争气！”郝振山一直在路上

之四　静水流深意沉沉

单荣国

侯门巾帼，静水流深
侯静，新时代的海油女工
无疑，她是幸运的
1998年，入职中国海油
2015年，结缘“超深水”项目
2021年，她带领团队
精工锤炼一串价值连城的钢悬链
无怨无悔，倾情奉献“深海一号”能源站

静水流深，怒海争锋
侯静，中国海油嫡嫡亲亲的好儿女
跋涉5米，渤中油田蹒跚学步
畅游30米，春晓气田英姿飒爽
泅渡300米，流花油田迎风怒放
勇闯1500米，荔湾气田风华正茂
而今，她南下海南之南
柔肩道义，足音铿锵，遨游深水
担纲“深海一号”开发工程项目组深水管缆部经理

1500米海底再深四公里的油气

在大湾区千万户灶台噗噗燃烧
需要一支九天揽月、五洋捉鳖的队伍
也需要比肩登月的科技集成
更需要一块“气鼓鼓”的油藏
一管长于斯且通天的油井
一尊“深海一号”般的巨型能源站
一条深海铺陈大湾区的输气管道
哦，别忘记侯静负责的一个重要环节
没有她的“钢悬链立管”
“深海一号”如何勾连海底潜置的油井？

静水流深，悬链萦梦
钢悬链立管是深水油气开发特殊关键设备
团队曾想为“深海一号”迎娶漂亮的“洋媳妇”
遑论门槛奇高、聘礼天价
独其指定海外某国为法务“仲裁地”就不能苟同
国外某钢悬链立管生产厂家悻悻然
“没有选择我们，那就拭目以待”
傲慢，是该厂家聊以自慰的终结理由

为满足“深海一号”30年不回坞的技术要求
侯静和团队联合国内供货商，研究、分析和试制
围绕力学性能指标、疲劳因素
结合管材的强度、韧度和硬度
青春焙炼、激情升温
汗水淬火、泪水提纯
耗时一年，国产钢悬链立管终于研制成功
节省费用约2000万元

至此，我国成为世界上第三个
生产大口径厚壁无缝钢悬链立管的国家

2020年9月29日，海底管道进行带压开孔作业
不曾想，开孔机内压力无法泄压
倘若阀门失效，崖城至香港的输气管道泄漏
至少一亿美元将在他们手上打水漂儿
侯静逐一梳理流程，比对陆地模拟试验数据
优选“增加阀门背压、快速泄压”方式
快速激活程序记忆，及时恢复阀门功能
在“开孔机和主管线”之间增加了物理隔离
将一场大概率安全生产事故隐患化为无形

为绝后患，实现“双隔离、双保险”目的
团队派遣“潜钟”赶在台风前安装第二个球阀
下潜海底作业一个半小时，直至安全回收
侯静始终凭栏守护、临场调度
海风吹拂面颊，海浪打湿衣衫
她不愿挪动半步
因为“潜钟”载着3条喊她“姐姐”的人命呢

静水流深，明眸清浅
深海，是男人搏击风浪的舞台
怎的就闯进来了一位英姿飒爽的女将？
偌大的系统工程，侯静运筹千里
铺设钢悬链立管，侯静指挥若定
侯姐、静姐、深海一姐、乘风破浪的姐姐
亲近的、敬重的、坚强的、小伙伴们爱得无以复加的姐姐
特定时空下，这位姐姐动辄泪眼婆娑、情感崩塌

2021年2月28日，现场坚守20小时
“钢悬链立管”提拉回接大型作业告罄
把自己藏在驾驶楼角落里，侯姐低声抽泣

海上持续工作将近3个月
肩上担子沉、心理压力重，常常夜梦惊醒
将头深埋被窝，静姐无语凝咽

2021年6月25日，“深海一号”火炬熊熊
全场掌声雷动、欢声笑语不断
深海一姐率先湿了眼眶，一任海风传情

外籍铺管船断了4天的果蔬
她嘴唇一连串起了3个疱
“海洋石油287”送来给养，并附“娘家口味”手书
乘风破浪的姐姐情不自禁，泪洒当场

静水流深，跬步致远
如果能够，将侯静一本本海上施工笔记转换格式
均是她通体透明的心爱，颗颗朝向“深海一号”
也是她全情燃亮的心盏，连续299天守夜南海
还是她思虑劳神的心迹，可以阅读一个团队节省亿元的传奇

侯门巾帼　静水流深
侯静，中国海油新一代海管结构首席工程师
2022年新晋“全国三八红旗手”，她说：
感恩新时代，感谢中国海油，感激小伙伴的关怀和包容

之五 梦里白杨屈长龙

单荣国

“我想，我梦见了故乡的白杨”
这是长情的告白
这是洒脱的转身
这是故乡的呼唤
2017年11月29日，47岁的屈长龙
中国海油气电集团技术研发中心原副主任兼工程总师
或许，他倦了、累了
停歇冲锋的号角，拈灭生命的灯盏
飞越千山、跋涉万水
梦里故乡，抵达河北涿州大沙坎村口那棵白杨

2017年11月28日，天坛医院，屈长龙重度昏迷
窗外，西伯利亚寒流呼啸而至
他参与设计建造的天津LNG项目
每天足有124亿大卡热值温暖京津冀地区
LNG，地球上最干净、高效、环保的化石能源
每一期LNG项目，动辄耗资十几个亿
资金如流水，他不乱扔一枚钢镚儿
生病住院，屈长龙不让公司派车
年轻人想来陪护，他说“谢谢，我有家人就够了”
这一年，北京迎来10年来最干净的冬天

2017年11月27日，黄浦江畔
“塞维利亚·努森”号远海奔赴而来
在上海LNG接收站卸下6.9万吨液化天然气
随着一船又一船清洁能源注入巨大的发展引擎
带动长江三角洲经济指标斜上飞升
中国海油已在浙江、上海等地建成8座LNG接收站
深圳、漳州、广西三站也于此后两年投产
创建“美丽中国”大格局，成就“绿水青山”大气象
屈长龙期盼接收站再多一些、工程进度再快一点
然而，病魔预备偷走他所有的机会
11月23日凌晨，住院前夜，他微信同事：
“如果完整地回来，我会更加珍惜大家相处的每一天”

黄土地刨食的屈永华望子成龙
给呱呱坠地的儿子起名长龙
挨到上学的年纪
父亲左手屈长龙、右手小树苗
在村口种下殷切的期望
几十回白驹驰过村口
几十圈年轮雕刻时光
躯干笔直、枝丫舒展
树叶婆娑、和风吟唱
曾经的植树少年衣袂飘飘、御风而临
“我想，我梦见了故乡的白杨”

释放青春驻站，抛洒热血奠基
沿海星星点灯，英雄不怯归处
1立方米液化天然气可气化成625立方米天然气

如何建立一个储存便利、调配快捷的超级载体
实现深海气田丰厚天然气的乾坤大挪移
屈长龙甚为痴迷，成为LNG超级拥趸
2003年，33岁的屈长龙迎来人生最重要的转折
根据公司发展战略，他的攻关领域转向清洁能源
入列中国第一代“LNG人”

屈长龙工作23年、外派12年
家里全靠妻子勉力照顾
难料，入院前的日子竟是夫妻相伴的最后时光
屈长龙一直念叨：
感觉浑身都是事儿，治好病赶紧回去上班
退休后我陪你到处看看，好好享受生活
再过半年，我和儿子一起拆开录取通知书
手术前夜，不懂浪漫何物的屈长龙搂过妻子：
“靠在我的胸口上，再听听我的心跳！”
黎明时分，他最后一次更新微信签名档：
“我想，我梦见了故乡的白杨”

LNG来之奇妙世界，静如处子、动如气虎
零下162℃的超低温环境中方能窥见淡蓝色容颜
娶她，唯有重金打造的LNG运输船充当八抬大轿
恰恰，储罐核心技术被少数国家死死拿捏
屈长龙参与项目运营管理，却无资格参与设计建造
“海油人在海上实现的自主创新，在LNG领域也必须实现”
北京如意里7号楼，屈长龙自主研发LNG储罐技术
再经多方努力，自主储罐技术获得了工程化机会
我国海上LNG项目迈出了艰难、珍贵的第一步

2017年4月，上海LNG二期项目攻坚正酣
一辈子面朝黄土背朝天的屈永华病了
在北京的医院做手术，父子俩匆匆一面
屈长龙不能床前尽孝，他俯身说：
“我工作上多尽一份力，您就能早一点看见最美的蓝天”
LNG项目组，屈长龙是出了名的“愚公”
九镍钢，是大型LNG储罐的核心材料
国产化进程在层层报批中一再滞后
屈长龙立下军令状：“国产化风险一力承担！”
“愚气”感染项目组成员，大家合力攻关
最终研发成功，仅为进口九镍钢价格的一半

上海外滩、十里洋场，中国近代最早开埠通商的地方
上海LNG一期项目被日本IHI公司抢得先机
二期项目开启竞标
TGE、KOGAS等国外9大公司赫然在列
中国海油并无竞争优势
为打动业主申能集团
两个月时间内，北京、上海折返跑
尽管病情明朗，自己是一位恶性脑肿瘤患者
况且高空气压如锤敲脑髓、头痛欲裂
屈长龙如同“九镍钢”熔铸，累计飞行2万公里
率领团队以技术分第一名中标上海LNG二期项目
同事从全球LNG峰会捧回世界LNG行业技术创新奖
我们的屈长龙同志正躺在手术台上
“我想，我梦见了故乡的白杨”

关于白杨树，诗人左河水有赞：

寒坡瘦埂亦成行，走土飞沙作绿墙
直正青白随召唤，愿为柴火敢为梁
合掌称奇，白杨树、屈长龙竟能互为代言
屈长龙，父亲将他栽种村口，树人百年
屈长龙，妻子将他安放心田，款款呢喃
屈长龙，同事将他植入记忆，再启新程
屈长龙，海油精神又一高地，精魂壮美

功成不必在我，功成必定有我！
是了，请原谅我们的屈长龙同志
他不倦，也不累
忙着建造一座座自主设计的LNG储罐
以至于，某一天忘记拧紧生命的发条
他生命的钟摆定格在当打之年
滴答滴、滴答滴、滴答……
他生命的钟摆定格在当打之年
停歇冲锋的号角，拈灭生命的灯盏
飞越千山、跋涉万水
梦里故乡，抵达河北涿州大沙坎村口那棵白杨

之六 海上工程“指挥家”

单荣国

38年雨雪风霜吹打，思想是否已经懈怠？
38轮春夏秋冬劳作，躯体是否已经倦乏？
海油工程安装事业部高级总监刘克建已有答案
思想注入海油精神，爱之弥深、行之愈笃
躯体创造劳动价值，能源报国、奉献不止

1983年，刘克建扎根中国海油
职业生涯所在滨海109、蓝疆号、蓝鲸号均为旗舰船舶
历任水手、水手长、工程船长、船长、总监
先后参与132个国内外海上工程建设项目
吊装总吨位超过33个“鸟巢”重量
出海以万天计、创780万安全工时无事故
带领团队征战四海，勇闯海外，盈利逾30亿元
为我国海洋油气田工程建设贡献重要价值

2015年，被评为全国劳动模范
2021年，中国油首届“最美海油人”榜上有名
有关刘克建，我们何不扼要重述、赞赏有加？
举重若轻、沉着冷静，是他指挥工程舰队协同作战的大将风度
勇于担责、绝不退缩，是他带领团队迎战无数硬仗的原则态度

敢于创新、不囿传统，是他过关斩将晋升行业翘楚的成长秘籍
令行禁止、行胜于言，是他打造现代标杆工程船舶的治船法宝
进不求名、荣誉与共，是他赢得业主信任船员信赖的高贵品质
在海油精神的观照下，还可以缀述一二
共同领略劳模风采，各美其美、美美与共

举重若轻、沉着冷静
是他指挥工程舰队协同作战的大将风范
2012年8月，荔湾3-1导管架滑移下水扶正安装现场
刘克建站在“蓝鲸”号船头，指挥6条船舶协同作业
海风扑面，他手持对讲机、心有千钧重担
3万吨级钢铁“巨无霸”迎着浪花抵达预定地点
指挥口令清晰明了、均匀交替
世界第二、我国最大组块优雅落座
相当于100层楼高的中心平台组块巨人般矗立海面
标志我国10年走完了国际上30年的历程
成为国际上第三个掌握该技术能力的国家
鉴于南海深水区海域台风多发、内波涛汹涌
流花16-2FPSO单点系泊系统集成作业属世界级技术挑战
业主、项目组共同邀请刘克建担任本次吊装的总指挥
月池外，刘克建左手对讲机，右手预备状
舞台月池指挥家一般操控浪花丛中的大型浮吊
精准移动千吨单点下转塔游走于毫厘之间
再穿越10层楼距离，安放在月池底部
三维碰撞监测、姿态仪等十几组在线数据
被刘克建瞬间转换成一句句简明扼要的指令
屏气凝神的8个小时，下塔体盲吊落座月池中心
刘克建的职业生涯，又诞生一项世界级技术

勇于担责、绝不退缩

是他带领团队迎战无数硬仗的原则态度

2021年1月19日，在山东烟台芝罘湾

全球首座十万吨级半潜式生产储油平台“深海一号”启程南下

刘克建担纲拖航平台总监，率团队全程护航深海重器

1月28日，“深海一号”拖航至我国福建海域

天气预报显示，前方海峡内将迎来九级风力

顶着狂风巨浪前行，隐含的技术风险极大

如果滞航待机，油田投产日期将被迫顺延

“深海一号”可谓进退维谷，左右为难

辩论无果，团队成员将目光投向拖航总监刘克建

“不应该采取滞航措施，这不是蛮干！”刘克建信誓旦旦

拖航时差、风力涌浪、平台稳性等方面，刘克建言之凿凿

大家疑虑顿消，一致同意按照原计划正常航行

2月1日，“深海一号”顺利通过该海峡

为后续的锚系回接争取了宝贵的时间

由此关联的经济价值、社会价值难以估算

关键时刻，刘克建总能找到立足当下、放眼长久的办法

难怪团队成员说：有他在，事情成了一半儿

敢于创新、不囿传统

是他过关斩将晋升行业翘楚的成长秘籍

在1500米深海铺管，必须改造“海洋石油201”托管架

7个月为限，完成千吨托管架的设计、制造及调试工作

众望之下，刘克建挑起项目经理的重担

托管架改造，赛龙套安装是关键环节

赛龙套在液氮中持续冷却，取后20秒内

由6名工人组队，高度协同快速放置轴承孔

否则，昂贵而“娇气”的赛龙套回温、热胀进而报废
向来，刘克建善于浪尖舞蹈、浪谷擒龙
多日深度思考、细心求证，独得破解秘方
他让施工现场仿真研制一件工装，毫秒为计
要求工人“像F1赛车换轮胎一样，又快又准”
机械重复模拟整个赛龙套安装过程
实操成功率达100%，此举极大丰富了“克建工作法”内涵
2022年4月11日，万众聚焦亚洲第一深水导管架“海基一号”
50多个小时，安装总指挥刘克建手持对讲机
眼前多艘船舶协同、胸中雄兵百万征战
勇立潮头、征衣未解，舌绽莲花、令如箭矢
“海基一号”成功滑移陆丰油田海域并精准就位
此举创造亚洲深水导管架海上安装新纪录
助力我国深水超大型导管架技术达到世界一流水平

令行禁止、行胜于言
是他打造现代标杆工程船舶的治船法宝
大海，间或云走涛飞、温柔沉静
亦能诡谲气候、惊涛骇浪
与陆地相比，环境闭塞，风险高、变数大
亟须一支“人船合一、协同作战”的海油铁军
刘克建凭借30余年的海上工程建设经验
摈弃以往“英雄主义”“经验主义”及“船老大”管理模式
建立了大型工程船舶制度化、国际化管理体系
总结一套“克建吊装法”成为海洋工程作业宝典

进不求名、荣誉与共
是他赢得业主信任船员信赖的高贵品质

2008年9月，刘克建带领“蓝鲸”号长途跋涉
航行4300多海里抵达赤道洋流肆虐的印度洋
“蓝鲸”号稳稳吊起2650吨的支撑模块
他指挥世界起重能力最大单臂施展“绣花”技艺
极限游走于0.5米狭窄空间
高难度完成印度某项目两个平台组块的安装作业
“蓝鲸”号团队惊艳表现，一下子征服了外方同行
2015年，刘克建被评为“全国劳动模范”
海上，他电话获知得奖并要求前往人民大会堂接受表彰
工程正在完工冲刺阶段，团队正在爬坡吃劲阶段
他说：十几亿的工程需要我，我也离不开几百号兄弟

38年雨雪风霜不停吹打，平台月池走出了大海“指挥家”
38轮春夏秋冬经年劳作，蓝色国土培育了“最美海油人”
几百万元年薪，外国公司高薪相邀权作过眼云烟
10000多个日夜，最美年华甘心赠予大海
人夸：有他在，船稳，人心更稳
他说：有需要，再难，也能顶上
“一生向海，坚守初心”，是刘克建恪守一生的誓言

之七　一米阳光白登文

单荣国

他职位很小，小过戏楼闹着回家卖红薯的芝麻官
算上自个儿，一个加强班的编制
拢共12个人，七八条加油枪
他管辖的加油站很小，恰似半亩荷塘
开满了精彩故事，贴上邮票保送到家
欣赏、研习、模仿，悉听尊便
他的能量很小，自带“一米阳光”
加油、抗疫、护站，有多少力放多少光
举手投足，宛如员工身边行走的“海油精神”
他就是“最美海油人”、武汉阳光加油站站长白登文

烟雨侵晨昏，毒雾锁江城
2020年初，新冠肺炎疫情肆虐
黑色披风下的隐身魔鬼突袭武汉
1月23日，九省通衢的城市开启“交通管制”模式
英雄的人民绝地反击，封城围剿凶残之敌

半亩荷塘，好水清浅且涟漪
阳光加油站地处武汉东西湖区交通要冲
站长白登文上任刚满一年

全城剿灭凶顽病毒之时，他也有一手好盘算：
加油工统一穿防疫服，戴口罩、手套
管辖区域定时消毒、进出车辆灭杀病毒
提报申请，及时采购足够防疫物质
管控员工情绪、添加阳光加油
每天进站车辆千余，离站时
车轮飞驶、引擎澎湃
小小的阳光加油站，十足的信心补给站

时间停滞，英雄崛起
“火神山”“雷神山”机器轰鸣、灯火通明
4万名方舱医院建设者日夜鏖战，与病毒竞速
1月28日，“救命工程”处于爬坡吃劲的关键时刻
工地柴油发电机组油料供应出现紧张局面
危难时刻，中国海油心怀“国之大者”
续力工程、造福武汉、担责社会
1月29日，捐赠15吨柴油的申请提报集团公司总部
集团公司党组书记、董事长汪东进第一时间批复：“同意！”

雷神山的需求就是命令
阳光加油站站长白登文领受了光荣的押运任务
1月30日，第一车柴油安全送上雷神山
1月31日，第二车柴油顺利送上雷神山
2月1日，险情发生在第三次运输途中
各项大型装备陆续进场，建设工场铺展之几公里之外
体积臃肿的油罐车无法靠近接卸点
发电机组油耗正以看得见的速度下滑
一旦油泵打不上压力，发电设备断供燃油

雷神山方舱医院建设速度必将停滞
中国海油“主动担当”将演变成拖项目“后腿”

工场似战场，任务如律令
急难时刻，白登文当即决定：
把车停在外围，我们用塑料桶提油过去！
他携加油站另两名员工以及现场工作人员
人手各一只20升油桶，大家负重前行
奔忙于油罐车和卸油点之间，来回一趟两公里
从中午时分抢运到天光擦黑
他们再现铁人王进喜“人拉肩扛”运钻机的场景
3600升柴油，一滴未洒全部抢运上雷神山
为创造方舱医院的“中国速度”立下“汗马”功劳

大年夜，“交通管制”令出如山
在岗的员工不能回家，在家的员工不能上岗
白登文着急上火，背着手来回踱步
提枪加油的员工隔着窗户喊话：
我们也驻站，打赢这场仗再回家！
心结顿开，白登文承诺：
同是海油人，不说两家话
今天，我来做年夜饭！
当晚，白登文还赶制一份阳光加油站排班表
每天12人6班，他把自己排在首位

1月28日，日历牌被白登文画了一个圈
这一天，他应该在湖北洪湖老家
迎娶心仪许久的美丽女孩

是日，他点开微信视频
另一端，待嫁新娘笑意盈盈：
“莫慌，保护好大家，我等你来娶！”
哦，不负国家不负卿
海油人家大抵如是！

半亩荷塘履薄冰　一米阳光驱阴霾
武汉地区疫情逐渐严重，防疫措施趋紧加强
白登文自封为阳光加油站防疫巡查员
“穿好防护服，这是我们战时的工服”
“戴好口罩，这是保护自己，也是爱护顾客”
消毒灭杀，不容涂满病毒的“黑天鹅”站内存身
有人双挑大拇指：“站长，站长，一站之长！”
金杯银杯不如群众口碑，白登文受之无愧！

湖北地区疫情持续加深，多地相继“封城”
交通管制趋严，各快递、物流公司均不能承接递送任务
公司集采口罩积压在阳光加油站，各站防护物资严重短缺
考虑到往来油品运输车辆享有“上路”资质
白登文灵机一动，何不借道通关？
在他的调配下，一批批口罩派发各片区中心站
中心站再细分至各加油站，舒缓了燃眉之急

“生命至上、举国同心、舍生忘死、尊重科学、命运与共”
这是中华民族创造的伟大抗疫精神
在集团公司党组带领下，10万名海油员工
“抗疫不松劲，保产不停歇”
先后捐赠湖北、武汉等10多个省市防疫物资6万吨

捐款6000余万元，彰显了能源央企的大爱与担当
年销售逾万吨油料的阳光加油站
他们凡人微光，跟上了抗疫的“两山速度”

半亩荷塘映碧空　一米阳光飞彩虹
2020年6月26日，迟到151天，白登文当上了幸福的新郎官
2020年9月8日，他获评“全国抗击新冠肺炎疫情先进个人”
2021年1月19日，他获赞“最美海油人”

毋庸置疑，中国海油发展壮大的历史进程中
像白登文一样的海油儿女丰富了海油精神
与此同时，他们也被海油精神深切呵护
为了创造中国海油更加美好的未来
我们应当记录一些历史事件，赞美一些优秀事迹
并且，记住你我身边发散着一米阳光的海油人

大爱无疆

孙 鹏

楔子

蹈海的男子汉，无畏海上的风浪
能源的奉献者，目光穿透地下的油藏
还有一件事他们特别在意
那就是对祖国、对人民、对地球的责任
公司成立四十载
这件事始终记在全体海油人心上

谁说海油只有10万人
她还有许多亲戚，家在远方
海南的保亭、五指山
甘南的合作、夏河
内蒙的卓资、藏北的尼玛
那里的各族人民都在把海油人的故事传唱

一

羚城郊外的草原上
油菜花开成金色的海洋
东风吹拂拉卜楞寺的经幡
世界最长的转经筒围墙，发出吱吱嘎嘎的声响

藏族小伙子东智
把游客们骑过的共享电动车整齐码放
他不由得想起，是谁给夏河引进了“小黄”
自从甘南两县市与海油结缘
这里的面貌就一年一个样

东智的店铺里面
客人们赞不绝口
肉干、肉酱、奶酪条
本地的牧产品成了游客们热衷的伴手

洁白的羊群爬上山岗
一块块太阳能电池板在头顶展开翅膀
海油投资建设的光牧互补项目
让能源与生态交相守望

就从那一年起
甘加秘境多了一分迤逦
草原上张开片片白帆
那是海油援建的文旅营地
受益的岂止是东智和同行们的生意
看到载满游客的大巴车
哪家牧民的心里不像抹了蜜？

东智的老爷爷此刻也在晒太阳
他住进海油援建的养老院已有一年时光
他还记得那个常来看望老人们的后生
提着新鲜水果，满脸微笑的模样

一句“瓜真切”[1]，怎算得上对他、对他们的报偿？

瓜真切，海油人！
瓜真切，中国海油！

二

霞光映衬着七仙岭的面庞
白云遮住了五指山的模样
不回家的小黄牛漫步在田垄边
快乐的小鱼儿在山溪里冲浪

阿婆坐在自家门廊
看着门前人来人往
手中的活计却没有停下
祖传的苗绣如今成了游客追捧的文创

家里的儿女在茶山上帮忙
山下就是新开的茶厂
家乡的红茶驰名天下了
人们都称赞它“琥珀汤，奶蜜香”

对面是新建的果园
咱热带的百香果口味不一样
村里人跟着海油人搞起种植
水满的果子如今在内地飘香

什（zá）在的毛毛今年考上了高中
保亭中学的新楼正好启用

❶ **“瓜真切”**
藏语“谢谢”。

走进宽敞明亮的教室
她想起四年前的往事
因为一次考试不如意，她赌气跑回家里
是海油的叔叔劝她一定要回去坚持学习

现在她和弟弟都能安心上学了
全靠家里的土地长出了好东西
那是海油的叔叔给村里引进的反季节黄秋葵
勤劳的双手，解开了致富的秘密
七仙岭赋予了这里美丽和神秘
“保亭柒鲜”让这里的人们品尝到小康的欣喜

辛苦啦，海油的叔叔
感谢啦，中国海油

三

第一场雪飘落在卓资山上
大黑河绕着山边蜿蜒流淌
鞭炮声声打破了初冬的寂静
一辆辆汽车上，人们喜气洋洋
海油援建的小康示范村落成了
就在今天，其其格和爸爸妈妈住进了新房

第二天清晨，其其格走进她的幼儿园
不知为何这里来了一群奇怪的大人
照相机对着做操的孩子们“啪啪”闪光
听老师说，他们来园里采访
其其格知道她的幼儿园很漂亮

但她不知道，这个脱贫县的幼儿园其实很了不起
硬件和软件，都和北京的国际园标准相仿

其其格的爸爸承包了一片山坡
办了个走地鸡的养鸡场
自从海油帮助卓资熏鸡建起品牌和生产线
熏鸡之乡的人们致富有了方向

其其格妈妈工作的地方叫榨油厂
蒙古高原上种的亚麻籽
不用农药和化肥，味道格外醇香
海油的叔叔帮我们引进了冷榨设备还打开了销路
现在妈妈卖油，靠的是直播和电商

其其格出生在这个距离首度400公里的小地方
5岁的她，现在有了个大大的梦想
她想去看看大海
最好还能见见那些在海上采油的叔叔们
跟他们说声谢谢
谢谢你们让我的家乡变了样

四

达果雪山的七座山峰镀上了金边
当惹雍措湖岸白浪翻卷
小达娃从土里拔出一个大芫根
自己坐了个屁股蹲儿
哥哥嘎玛看着她，微笑在脸上浮现
今年，又是一个丰收年

爸爸当上了合作社的负责人
家里的牦牛和绵羊都在合作社入了股份
爸爸说，海油给咱们建羊圈、修水渠，还盖了冷库
咱必须好好干，不能辜负了亲人

今年夏天，妈妈特别忙碌
在文布乡最美的地方
海油给我们建起了温泉酒店
乡里请在内地酒店打过工的妈妈当领班
神山圣湖美景让四方来客流连忘返
藏人的热情好客也让他们交口称赞

星期一，小达娃回到县城的学校
好几位同学在阅览室的窗外探头探脑
听说这两天学校收到一大批新书
“惠州油田爱心书屋”的牌子，在墙上挂得高高
老师告诉小达娃，不只是他们学校
尼玛县所有的初中、小学和幼儿园
海油的叔叔都给搭上了结对帮扶的金桥

说起尼玛县和海油的缘分
哥哥嘎玛更有发言权
尼玛县建县29年，中国海油援助20年
自从嘎玛上一年级，就一直有个海油的叔叔和他连线
寄书、寄文具、寄衣服，来信鼓励他好好学习
一直到大学毕业，他都没有和这位叔叔见过一面

但他马上就能弥补这个遗憾

石油大学毕业的嘎玛，应聘到了渤海油田
他即将成为一名光荣的海油人
这也是全家人今年最大的心愿

明天就要告别家乡
告别这个以太阳为名的藏北小县
嘎玛想再到县城转转
这里的街道、广场、校园、医院、居民楼、办公楼、商业街、图书馆
无一不凝结着海油人的血汗
看到校园里奔跑的孩子们
嘎玛在心里对他们说：
好好学习吧，或许将来你们也能走出高原
用你们的双脚，把世界走遍

我来了，中国海油
我骄傲，我也是一名海油人

五

嘎玛以前只见过湖上的坚冰
他没想到大海也会封冻
时值岁末的渤海湾北部
四面八方的冰凌让他想起家乡的盐湖

他想念藏羚羊和黄羊
就用铅笔在纸上勾画它们的模样
师傅冲进屋来对他说：
嘎玛，快，拿着手机去下层甲板

卓资县幼儿园
内蒙古自治区乌兰察布市
卓资幼儿园
"母亲水窖"校园安全饮水计划
项目学校
组织单位：中国妇女发展基金会
捐赠单位：中国海洋石油总公司

嘎玛被眼前的景象震撼了
平台脚下的浮冰上趴着几十只大大小小的斑海豹
师傅说，咱们海油追求环境友好
平台的排放标准越高
冬天斑海豹来渤海湾产崽
高大的平台成了他们每年回家的地标

嘎玛用笔画下了这群海豹
还给它们一一起了名字
这个叫扎西，那个叫卓玛
新生的小海豹叫达娃
和妹妹同名，就是月亮的意思

与此同时，还有一群海油人在为海中的精灵欢呼
那是南海东部的“大船”——海洋石油115
两头巨大而美丽的虎鲸忽然造访油田
看起来应该是一子一母

西江油田的同事们见过海豚和鲸鲨
野生的虎鲸还是头一次目睹
这段视频引起了科学家的关注
他们说这证明了南海野生虎鲸种群的存在和分布

海油人都知道
让大海蔚蓝澄澈很不容易
却是他们必须履行的义务
一个理念已深入人心
在保护中开发，在开发中保护

不仅守护大海
也要捍卫蓝天
海油人坚信，必须把能源消费结构转变
一个个大罐在海岸边崛起
里面装满零下147℃的清洁能源

把岸电延伸到海上
用地层封锁二氧化碳
一座座风车在海上立起
一片片光伏在高原铺展
我们是中国海油
但石油不应是我们唯一的贡献
我们的愿望不会改变：
创造美好生活
奉献清洁能源。

走向深蓝

单荣国

天空，“天宫号”载人空间站逡巡蓝色地球
大地，“复兴号”动车组驰骋世界屋脊
海底，“奋斗者号”载人潜水器探访万米海沟
洋面，“深海一号”能源站耸峙南海、灿若星河
吁嘻，盛世美景也！

大鲲耀鳞，非北冥之大不能养成
大鹏振翅，唯南海之阔不能翱翔
潜碧海、泳沧流，“深海一号”当为“鲲”
刷毛羽、恣饮啄，“深海一号”亦称“鹏”
鲲鹏之志，有诗为证：
管网纵横油龙缚，舱罐幽深囚气虎
击水蹈海三千里，情润湾区千万户

南海，北抵北回归线、南临赤道
平均水深1212米，属我国海洋油气重要的能源接替区
“挺进深海，能源报国”，永不褪色的承诺、红色如斯的基因
是中国海油践行“海洋强国”战略的必由之路
建设海洋强国，加快深海油气资源勘探开发
中国海油坚决贯彻落实习近平总书记重要指示精神

念兹在兹，进军“超深水”已被中国海油党组战略锚定

2017年3月，“粤港澳大湾区建设”上升为国家战略
成为我国经济增长的重要引擎
稍加展望，粤港澳经济总量将跃升世界四大湾区之首

大湾区常住人口7000多万，约占全国的5%
2021年GDP达12.54万亿元，约占全国的12%
“陵水17-2”大气田天然气地质储量超千亿立方米
“南海万亿大气区”呼之欲出
“深海一号”年产天然气30亿方，可供大湾区四分之一居民用气
年产凝析油24.7万方，助推周边区域经济腾飞

大湾区“9＋2城市群”经济引擎需要源源不断的能源
南海“陵水17-2”超深水大气田能源充沛
世界最大的“深海一号”能源站恰逢其时
试问：“三位一体”，谁人匹敌？！

油气芳香　深海魅惑
大国重器　逍遥遨游
深水物探船拖曳十二缆深度扫描油藏
深水半潜式钻井平台一柄金色铧犁翻耕蓝色国土
深水三用工作船殷勤逡巡、负重交通
深水多功能工程船、犁式挖沟船、铺管起重船……
我国自主设计建造的各型深水船舶穿梭南海，凿井铺管
足以组成一支深海油气田的“航母开发群”

破除思维桎梏、跨越技术瓶颈、探秘装备极限

中国海油向海图强，筑梦深蓝
“陵水17-2”大气田引领“超深水”时代，荣耀登场
万事俱备，“变形金刚”家族独缺“大黄蜂”

北冥之烟台芝罘湾，“大黄蜂”于2021年1月19日养成
在3艘拖轮合力牵引下，击水2980公里
遨游渤海、黄海、东海和台湾海峡
历时18个昼夜抵达南海陵水海域
我国自主设计建造的中国海油“深海一号”能源站
上探天宇，昂首吐纳海空之灵气
下抵龙宫，俯身叩问深海之油藏
获赞“全球首座10万吨级深水半潜式生产储油平台”

世界首创立柱储油技术
世界最大跨度桁架式组块技术
世界首次坞内湿式半坐墩大合龙技术
三项“世界级”创新技术均来自“深海一号”研发设计团队

中国海油采用比肩登月的前沿科技，将上古神话照进现实
携“没有标准就创建标准”弥天之勇
奉行“坚持到感动自己，拼搏到竭尽全力”朴素理念
首创13项国内顶级技术，“卡脖子”技术已成过往
破解10多项行业超级难题，“大国工匠”精神淋漓尽致
2万吨世界最大单体组块精确合龙20层楼高的下部船体
安全网格化管理实现1700万工时无事故
“基建狂魔”缩短建造工期至21个月，相较国际省时一年半
“保温瓶内胆”移植10万吨桩腿，此创意惊世骇俗
承重、配载、储存，一“腿”三功能、一招省十亿

日月经天、河海带地，公元2021年6月25日
中国共产党成立100周年之际
南海，华夏上古神兽鲲鹏栖身之所
炬火轰燃、漠海激荡，“深水一号”能源站成功投产
这是中国海油奉献给党的百年信物
这是10万海油人敬献给祖国的一颗236亿元海洋之星
南海“更路簿”留下中国海油浓墨重彩的一笔
“粤港澳”产业链因中国海油熠熠生辉

幸甚至哉，新时代的海油员工
你大可以变身高擎烛火的“钢铁巨人”
犁波陵水、仗剑南海
身高120米，可携“自由女神”游历太平洋
精工淬炼5万吨钢铁躯体，或造7座“埃菲尔铁塔”

幸甚至哉，新时代的海油员工
你大可以执掌蓝色国土屯海戍疆的帅印
稳坐中军、号令八方、决胜千里
最大排水量达11万吨，“将军肚”能容3艘中型航母
最大储油量近2万立方米，全球首创半潜平台立柱储油
200套油气处理设备理性排列、逻辑叠加，智能集约、科技爆棚

幸甚至哉，新时代的海油员工
你大可以担纲16根聚酯缆的南海纤夫
左系五指山、右牵大湾区
胸怀2500平方公里之辽阔，拥揽7个井区11口开发井
可将百年一遇超强台风摁在“巨浪牌”搓衣板来回摩擦
如果需要，亦能无眠无休耕耘蓝色国土30年
或因设计寿命长达150年而荣膺全球“长寿之星”

大鲲耀鳞，鳞闪金光，光耀星汉，曰“壮”
大鹏振翅，羽生飒风，风起洪波，谓“美”
鲲鹏之壮美：冠绝寰宇未有双

能源站、大亚湾，彩虹横亘的甜蜜路径
勤劳的海油员工恰如蜜蜂奔忙在浪花丛中
罐酿蜜、舱造香，助推大湾区生活圈宜居宜业宜游
深海一号、大黄蜂，海油娃睡前故事的绝对主角
超现实主义的未来城堡、互为形变的金色物象
作画、入梦，两相便宜
金色鲲鹏展翅天涯，海油员工远航海角
情愫在无数航次中循环提纯
即便海枯石烂，我们的海誓山盟新鲜如昨

记否，莺歌海浮筒打井、铁盒捞油
记否，曹妃甸海潮侵袭、流冰肆虐
记否，海油人隔岸观景、望洋兴叹……
莺浅1井、(渤)海1井、英冲1井、流花111A井、陵水17-2-1井
沿岸打井、登岛打井、浅海打井、深海打井、超深水打井
海油人“我为祖国献石油”的步伐不曾歇息

会当击水酬壮志　能源报国任在肩
恰逢中国共产党百年华诞，又值中国海油成立40周年
“深海一号”超深水大气田终于建成了
众美备具、惊艳世界，赫赫巍巍、矗立深蓝
“深海一号”自当立此存照：
代表我国已跻身世界深水油气开发阵营
开创了我国自主开发建设深海油气田的新纪元

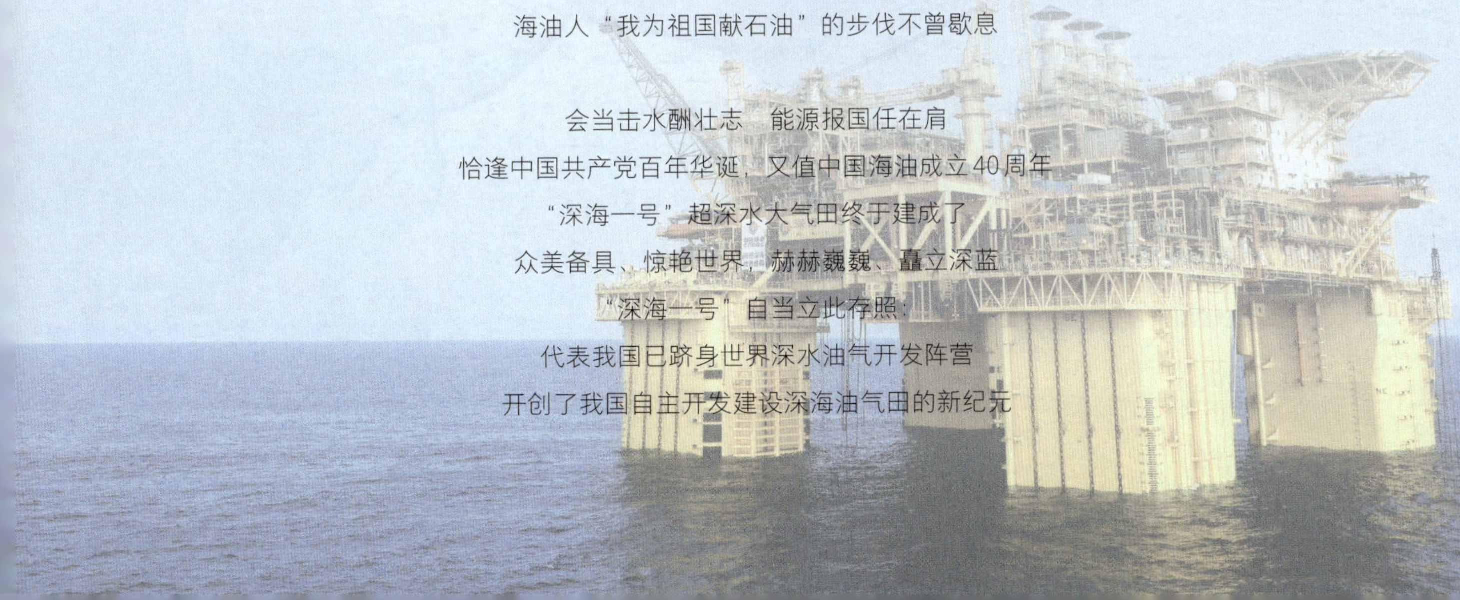

碧海长歌

尾章

单荣国

"1982""2022"

40年激情创业，向海图强

40年合作开放，晓喻新生

40年巅峰跨越，标格寰宇

40年铸就辉煌，梦想起航

中国海油在集团公司党组领导下

"一穷二白"的中国海洋石油工业体系上

谱写了一部"我为祖国献石油"的庄严史诗

海油儿女多奇志　敢把沧海变桑田

40年来，中国海油累计贡献15亿吨油当量

跻身国家能源"主力军"，亦为国民经济"压舱石"

40年来，中国海油勇担"三大责任"

资产总额逾1.33万亿元，经营质量指标稳居央企前列

40年来，中国海油逐梦兴海强国

累计上缴利税费可再造一个中国海油

在我国300万平方公里主张管辖海域

中国海油铸就“史诗般进步”的辉煌之路
书写了一份祖国放心、人民满意的历史答卷

历史可鉴，当下可为，未来可期
40年的伟大实践和辉煌成就启迪我们：
过去，中国海油的一切辉煌
都源自坚持党的全面领导
今朝，中国海油每迈出坚实的一步
都离不开党中央的坚强领导和大力支持
未来，达成“中国特色世界一流能源企业”目标
我们必须听党话、跟党走！
确保各项事业沿着正确方向前进！

新时代的赶考之路上
中国海油胸怀“两个大局”，心系“国之大者”
始终牢记“我为祖国献石油”的责任使命
深刻领悟“四个革命、一个合作”政治意蕴和实践要求
深入贯彻落实习近平总书记关于建设海洋强国
加快深海油气资源勘探开发重要指示精神
深入贯彻落实习近平总书记连线“深海一号”重要指示精神
锚定“中国特色国际一流能源公司”战略目标
谋划“1534”中国海油专属发展密码
以实施“三大工程、一个行动”为主轴主线
打造“四个中心”，争当建设海洋强国排头兵
乘能源转型东风，砺剑深蓝、向史而新！
搏不可限量前程，胸怀寰宇、继往开来！